Zum
100jährigen Jubiläum des
Vereins für Geschichte und Altertumskunde
Frankfurt am Main-Höchst
und
warum eigentlich nicht?
zum
1200 jährigen Stadtjubiläum
der Stadt Frankfurt am Main

Die Deutsche Bibliothek — CIP-Einheitsaufnahme

Metternich, Wolfgang:
Höchst erstaunliche Geschichte : [zum 100jährigen Jubiläum
des Vereins für Geschichte und Altertumskunde Frankfurt am
Main-Höchst und — warum eigentlich nicht? — zum
1200jährigen Stadtjubiläum der Stadt Frankfurt am Main] /
Wolfgang Metternich. Mit Ill. von Peter Schäfer. —
Frankfurt am Main : Kramer, 1994
   ISBN 3-7829-0447-8
NE: Schäfer, Peter [Ill.] ; Verein für Geschichte und
   Altertumskunde < Frankfurt, Main >

© 1994 Verlag Waldemar Kramer, Frankfurt am Main
ISBN 3-7829-0447-8

Umschlagbild: Karl der Große schlägt Hostato zum Ritter

Gesamtherstellung: W. Kramer & Co. Druckerei-GmbH,
Frankfurt am Main

Höchst erstaunliche Geschichte

Wolfgang Metternich
mit
Illustrationen von
Peter Schäfer

Waldemar Kramer Ⓚ Frankfurt am Main

Inhalt

Unbedingt notwendiges Vorwort

Ach du lieber Gott, schon wieder eine Geschichte von Höchst. Selbst weniger fleißige Sammler in diesem Metier haben doch den Bücherschrank schon voll. Hört denn das überhaupt nicht auf? Es muß doch einmal für einhundert Jahre Ruhe sein! Dann kann ja das bis dahin neu Geschehene zusammen mit dem alten Senf – neu aufbereitet, versteht sich – erneut unter die Leute gebracht werden: als Diskette, CD oder, bei normal ansteigender Analphabetenrate, als eine Art Video 2100. Und damit sind wir schon beim ersten Argument für das hier vorgelegte Werk. Nutzen wir die Zeit, solange unsere Kinder in der Schule noch Lesen lernen und wir erwachsenen Vorbilder noch nicht ganz vor der Glotze verblödet sind, einen Blick in unsere Vergangenheit zu werfen. Betrachten wir in Muße die Taten und Schicksale unserer Ahnen, ehe wir uns wieder dorthin katapultiert haben, wo sie einst herkamen. Ein Bollwerk gegen die Zeitläufte wird dieses Buch nicht sein, eher ein schmunzelnder Rückblick, aber bitte, der homo sapiens sapiens hat seinen Kopf nicht nur zum Haare schneiden. Also aufgemerkt, wenn's nachdenklich wird. Auch wenn der Titel von allerlei Merkwürdigkeiten zu künden scheint, so lugt doch hinter dem zufriedenen Lächeln des Biedermanns immer wieder die häßliche Fratze des menschlichen Ungeistes hervor.

Dennoch, es soll vergnüglich zugehen in dieser Geschichte von Höchst am Main. Das muß nicht auf Kosten der reinen Wahrheit geschehen. Jedes Wort auf den folgenden Seiten ist präzise und penibel recherchiert, befindet sich im Einklang mit dem Stand der Geschichtswissenschaft und kann anhand ausführlicher Literaturhinweise von jedermann nachvollzogen werden. Worin unterscheidet sich dann dieses Buch von anderen? Nun, es werden einige verborgene (und bislang totgeschwiegene) Schätze ans Licht gehoben, die, wie die Hauerei der ehrwürdigen Antoniter, nicht ganz ins Bild der frommen Denkungsart passen. Weiterhin kann man unbestreitbare historische Tatsachen, wie die zentrale Stellung von Höchst im Netz der regionalen Verkehrswege, auch vermittels einer Sauftour Frankfurter Bürger nachvollziehen, und dabei dem Leser das Nachbeten trockener Verkehrsstatistiken ersparen. Oft allerdings genügt schon ein etwas verschobener Standpunkt bei der Betrachtung altbekannter historischer Ereignisse, um dem ganzen nicht nur eine vergnügliche Note sondern auch eine völlig neue historische Dimension bei der Bewertung abzugewinnen. Das Erhabene und das Lächerliche liegen auch in Höchst engumschlungen beieinander.

In unserer zunehmend schriftarmen Zeit ist es dem Leser unzumutbar, allein aus trockenen Buchstaben sein karges Wissen zu nähren. Auch bedurfte der über lange Strecken so ernsthafte Text der Auflockerung. Mit Peter Schäfer konnte zum Glück einer jener hellsichtigen und scharfsinnigen Illustratoren gewonnen werden, die es verstehen, komplizierte Sachverhalte in klaren und verständlichen Bildern zu visualisieren. Dafür schulden wir alle ihm großen Dank. Diesen Tribut an die modernen Kommunikationstheorien unserer Zeit entrichtete der Autor umso lieber, als ein Schlag auf die Birne auch mit dem

Genie eines Goethe oder Schiller nicht in Worte zu fassen ist. Solche Schläge aber durchziehen die Höchster Geschichte wie auch dieses Buch, letzteres auch, damit der Leser wachbleibt und zudem die leichten Schläge auf den Hinterkopf das Denkvermögen förderlich anzuregen vermögen.

Der Autor schließt diese einleitenden Sätze mit dem Bekenntnis, daß es sich hier um einen seiner letzten verzweifelten Versuche handelt, ein Verständnis für die Notwendigkeiten und Reize der Geschichtsschreibung (und -lektüre) auch denen einzubleuen, die noch immer der Meinung sind, der Geschichtsunterricht in der Schule solle nur die Chance einer billig zu erhaschenden guten Note denen eröffnen, die eine Fünf in Latein oder Mathematik ausgleichen müssen. Ihnen wird hier, neben dem unbestreitbaren Nutzen einer guten Ausgleichsnote, der Königsweg eröffnet, die letzte Chance, den unablässig wehenden Hauch der Geschichte als Teil des eigenen Daseins zu begreifen.

Den anderen ist sowieso nicht mehr zu helfen!

Im Jahr der Hoffnung 1994
Wolfgang Metternich

Prolog

Der lange Marsch

Mittagszeit im südöstlichen Afrika vor etwa zehn Millionen Jahren. Es ist eine Gegend, wo der schattige dichte Urwald mit seinem vor der sengenden Sonne schützenden Blätterdach in die offene Savanne übergeht. Im Wald herrscht ein buntes Leben, wie eine Vielzahl der unterschiedlichsten Leute und Geräusche beweist. Nicht nur zwitschern, krächzen, krähen, klappern und knattern zahllose Vogelarten was die Schnäbel hergeben. Das Geräusch knackender Äste im Verein mit dem Rascheln von Laub und Unterholz verrät, daß viele weitere Tiere am Boden emsig mit der Nahrungssuche beschäftigt sind. Aber auch in den Wipfeln der Bäume herrscht Hochbetrieb. Von Ast zu Ast springend versuchen die wunderlichsten Gestalten, in Pelze und allerlei glatte und geschuppte Häute gehüllt, mit Hilfe der abenteuerlichsten Verrenkungen die unzähligen Früchte zu erhaschen, die als bekömmliche Speise der Waldtiere die Anstrengungen hier oben lohnen. Über all dem Geschehen streift ein sanfter Wind durch das Blätterdach, denjenigen Kühlung zufächernd, denen ein verirrter Strahl der afrikanischen Sonne zufällig den Pelz versengt hat.

Inmitten dieses bunten Treibens, am Rande des Waldes mit Aussicht auf die glühende Savanne, hat es sich eine Horde haariger Gesellen in den Astgabeln mächtiger Bäume bequem gemacht. Die in Reichweite der überlangen Arme hängenden süßen Früchte, welche die Bäume hier so überreich tragen, haben die Gruppe nach einer langen Mahlzeit satt und faul gemacht.

Manch schweres Augenlid ist schon geschlossen, und neben anderen, in viel späterer Zeit als unfein geltenden Tönen, die einen Martin Luther zu einem seiner bekanntesten unheiligen Sprüche anregen sollten, verrät gleichmäßig tiefes Grunzen weithin den Schlaf der Gerechten. Oh ja, gerecht sind sie, die hier ihre Mittagsruhe genießen, von einer wahrhaft paradiesischen Gerechtheit, denn recht haben sie. Wenn die Welt so beschaffen ist, dann muß sich nichts ändern. So war es immer, seit man in diesem Wald durch eine wundersame Fügung (oder was auch immer) das Gestern vom Heute unterscheiden lernte. Es war ja auch nicht schlimm, solange man in der sicheren Gewißheit lebte, daß das Morgen genauso sein würde.

Wenn nicht …

Es kann der Frömmste nicht in Frieden leben, wenn es dem bösen Nachbarn nicht gefällt. Störenfriede gibt es auch im Paradies, sogar in der eigenen buckligen Verwandtschaft. Und dann die jungen Leute, überhaupt, also typisch, und nichts als Unsinn im Kopf, wenn sie einen nur ärgern können, ich könnt' sie … wenn ich nicht grad so faul in meiner Astgabel läge. Aber na ja, es sind halt junge Leute, die werden auch noch ruhiger, wenn sie sich erst einmal gründlich ausgetobt haben.

Werden Sie nicht!

Mit einem Male kommt eine merkwürdige, in all den Jahrtausenden nie zuvor beobachtete Unruhe in die schläfrige

Truppe. Zwei jüngere Individuen, erkennbar unterschiedlichen Geschlechts, schwingen sich über die Köpfe der Älteren hinweg und kraxeln etwas umständlich an einem dürren abgestorbenen Baum hinab auf den Waldboden. Sie können nur jeweils einen Arm zum Klettern gebrauchen, denn mit dem anderen umklammern sie, eingewickelt in große Rhabarberblätter (oder so etwas ähnlichem) einige Früchte, deren Saft erst Jahrmillionen später als Apfelwein diese einer sinnvollen Nutzung dienstbar machen. Ihre jüngeren Altersgenossen starren ihnen mit verständnislosen Blicken nach, einige ältere winken träge ab oder bekommen runde Augen vor Staunen. Die hochweisen Alten jedoch, unbestritten die bestimmenden Charaktere der Gesellschaft, reiben sich unwillig den Mittagsschlaf aus den Augen und verfolgen mit zunehmend sorgenvollerem Blick das ungewöhnliche Treiben des jungen Paares.

Und das ist merkwürdig genug. Gewiß, schon seit einiger Zeit hatten die beiden so manche Eigenart entwickelt. Neugierig waren sie, kaum zum Aushalten, und dann diese ewige Unruhe. Dauernd mußten sie etwas ausprobieren. Das tagelange Klicken runder Bachkiesel klang den haarigen Kerlen noch jetzt schmerzhaft in den Ohren. Steine hatten die beiden so lange aufeinandergeschlagen bis sie zerbrachen. Mit den scharfen Kanten schabten sie dann auf dem Boden, an den Bäumen, sogar an den essbaren Früchten herum. Als ob die nicht auch ohne Schaben wohlig satt machten. Das Männchen hatte sogar einmal versucht, sich mit einem solchen scharfkantigen Stein die Haare aus dem Gesicht zu schaben. Erst ein tiefer Schnitt mit blutender Wunde beendete

dieses Unterfangen (und dabei sollte es für einige Zeit bleiben). Kurzum, die beiden schienen ein wenig aus der Art geschlagen.

Kaum auf dem Waldboden angelangt, wenden sich die beiden zielstrebig dem nahen Waldrand zu. Dort angekommen biegen sie vorsichtig die breiten, das Unterholz überwuchernden Farne zur Seite und spähen hinaus in die heiße, sonnenüberflutete Savanne. Nichts regt sich da draußen. Kein Lüftchen bewegt die versengten Blätter in den weit ausladenden Baumkronen, die dennoch ihrer Umgebung keinen Schatten zu bieten vermögen. Winzige Früchte verheißen dürren Lohn. Und die weiten offenen Flächen, mit ihren gelbgrünen, mit dürren Körnern besetzten Gräsern sind nicht besser. Einzelne Felsen ragen auf, hier und da zeigt ein Schilfbündel ein armseliges Wasserloch an, und nur ganz in der Ferne, wo im Flimmern des Sonnenlichts Himmel und Erde sich zu vereinigen scheinen, weist eine Herde gehörnter Vierbeiner auf das Vorhandensein eines Existenzminimums in dieser trostlosen Einöde hin. Das ist kein Ort, um zu leben, schon gar nicht für die Primaten, wie sich die fetten faulen Gesellen unter dem dichten Blätterdach des Waldes eines Tages mit Stolz nennen lassen werden.

Und dann geschieht das Unfaßbare.

Die beiden am Waldrand biegen endgültig die Farne und Zweige der letzten Büsche auseinander und treten in das offene Grasland hinaus. Mit den Händen müssen sie ihre Augen vor dem ungewohnten Sonnenlicht schützen, und einen Moment hat es den Anschein, als wollten sie umkehren, doch dann lenken sie ihre Schritte, tastend zwar und unsicher, immer weiter vom Waldrand weg hinaus in die Savanne. Im Wald ist es nun gar nicht mehr ruhig und friedlich. Kreischend, brüllend und gestikulierend versucht die Horde auf den Bäumen verzweifelt, die beiden von ihrem unsinnigen Vorhaben abzubringen, vergebens. Und als alles Rufen nicht mehr hilft, vernimmt man plötzlich, nach wildem Wortwechsel, die inhaltsschweren Worte, die das fröhliche immerwährende Heute zum unwiderruflichen Gestern werden lassen, Worte, die die endgültige Trennung bedeuten: »Ihr Idioten«, schallt es aus dem Wald, »das hat doch keinen Sinn. Ihr macht euch doch nur kaputt da draußen«. Doch die beiden bleiben eine Antwort nicht schuldig: »Ihr blöden Affen«, kommt es zurück, »von uns aus könnt ihr auf euren Bäumen hocken bleiben bis ihr schwarz werdet«. Und dabei blieb es.

Von den beiden Idioten stammen die Menschen, so auch die Einwohner von Höchst ab. Die anderen leben, wenn auch in ihrer Zahl durch die Nachkommen der Idioten stark vermindert, immer noch in Afrika und lassen es sich, sofern es die Umstände erlauben, gut gehen. Die Menschen aber halten sie auch als Affen in den zoologischen Gärten, wo sie sie bewundern, wie sie ihre Früchte verspeisen, ohne dafür arbeiten zu müssen. Sie betrachten die haarigen Verwandten belustigt, aber mit großem Unverstand. Zehn Millionen Jahre haben gereicht, das Paradies endgültig aus ihren Köpfen zu verdrängen.

Der Apfel
fällt nicht weit vom Stamm

Als die beiden immer weiter in die Savanne hinauszogen geschah es, daß in der Nähe eines großen Baumes dem Weibchen ein Apfel aus seinem Rhabarberblatt fiel. Flink packte ihn eine Schlange und wand sich mit dem Apfel im Maul in eleganten Spiralen den Baumstamm hoch. Jedoch, sei es, daß der Apfel zu groß für die zierliche Schlage war, sei es, daß sein Saft ihr zu sauer aufstieß, kaum oben angekommen ließ sie ihn fallen, und er rollte geradewegs wieder dem Weibchen vor die Füße. Das leichtfertige Wesen, der Gefahren nicht achtend, die ein Apfel, den eine Schlange fallen läßt, birgt, nahm ihn auf und biß herzhaft hinein. Das Männchen konnte nur mit aufgerissener Schnauze und verwirrtem Blick der sich in Windeseile abspielenden Szene folgen. Männer kapieren eben langsam. Doch nach dem Weibchen bekam es auch einen Bissen als Anteil. Ob nun die Schlange bei ihrem Biß dem Apfel ein wenig von ihrem Gift einträufelte, ob dessen Saft in der Glut der Sonne schon halb vergoren war, wir kennen die Umstände aus so grauer Vorzeit nur zum Teil und nicht sehr genau. Auf jeden Fall wurde die Geschichte von dem Apfel und der Schlange bis auf den heutigen Tag mit allerlei Ausschmückungen weiter erzählt, die den hier erstmals dargelegten wahren Kern der Geschichte zunehmend überlagerten. Und mit der Geschichte schmückten auch die beiden Verrückten und ihre zahlreichen Nachkommen ihr Leben mit allerlei unsinnigem Beiwerk, mit Schweiß und Tränen, Arbeit und Mühsal, Zank, Streit und Krieg und allen weiteren Segnungen des Daseins, die uns

9

heute noch beschäftigen. Doch so weit sind wir noch nicht. Von all dem wird am Beispiel der Geschichte von Höchst noch zu berichten sein.

Wie ging es nun weiter. Es wird Zeit. Wenn der Leser das zwanzigste Jahrhundert in diesem Buch noch erleben will, gilt die folgenden 9,9 Millionen Jahre in einem gerafften Zeitrahmen zu durcheilen. Zunächst blieben die beiden in der südostafrikanischen Savanne. Doch ihre ewige Neugier und eine wachsende Schar von Nachkommen veranlaßte sie bald, ihren Lebensraum auszuweiten. Langsam wanderten sie nach Norden, überall weitere Abkömmlinge zurücklassend. In der Olduvaischlucht in Kenia muß es ihnen besonders gut gefallen haben, zumindest haben sie dort reiche Zeugnisse ihres Daseins hinterlassen. Noch weiter nördlich, im äthiopischen Afar-Gebiet bekam dann das Kind auch einen Namen. Lucy wurde das zierliche Wesen genannt. Es ist immerhin fast vier Millionen Jahre alt, und damit wesentlich älter als Eva, die ja nach älteren Berechnungen in der Bibel vor genau 7502 Jahren gelebt hat. Zweifel sind an der letztgenannten Zahl jedoch angebracht, da die Erschaffung der Welt nur eine Woche früher angesetzt wurde.

Da wo hinter Äthiopien heute die Sahara anfängt, galt es dann, irgendwann Abschied zu nehmen. Einige dieser »Menschen«, die schon damals, bis zum heutigen Tag, sich nur selten wie solche benahmen, drängte es, über Arabien, Indien, China und Sibirien immer weiter nach Osten zu ziehen, bis es irgendwann in Feuerland nicht mehr weiter ging. Auch nach Australien verirrten sich einige, als der Wasserstand der Meere dies einmal zuließ. Die anderen zogen nach Nordwesten, ließen die Sahara und eine bekannte Meerenge hinter sich und schauten, was in Europa so zu holen war. Dieser Gruppe muß unser besonderes Augenmerk gelten, war doch unter ihnen sicherlich einer der Urahnen der späteren Bevölkerung von Höchst. Doch ließ man sich mit der Expansion Zeit. Auch mußte man sich nach der afrikanischen Sonne erst einmal an unwirtlichere Jahreszeiten gewöhnen, wechselten doch in Europa bitterkalte Eiszeiten sich in schöner Folge mit nur wenig wärmeren Perioden ab.

Ankunft im gelobten Land

Was machten diese Menschen so den ganzen Tag, wenn sie nicht gerade tiefe Höhlen in den buntesten Farben ausmalten oder zur Freude späterer Prähistoriker Faustkeile in der Erde vergruben. Sie jagten und sammelten, d.h., sie versuchten mit viel Mühe, das zusammenzubringen, was sie für ihr tägliches Leben als Nahrung, Kleidung und Werkzeuge benötigten. Leicht war das nicht, das alles gab es ja nicht im Laden um die Ecke, und wilde Tiere auf der Suche nach ihrer eigenen Nahrung hatten da auch noch ein gewichtiges Wörtchen mitzureden. Man streifte also über riesige Entfernungen durch das Land und lernte so beiläufig auch ein bißchen die Gegend kennen. Und so kam es, daß eines Tages ein kleiner Jagdtrupp mit Weib und Kind (der Kegel war noch nicht erfunden) von einer mäßig bewaldeten Terrasse aus etwa neun Metern Höhe auf einen träge dahinfließenden Fluß schaute. Ein Bach ergoß sich in mehreren Armen in den Fluß hinab, der eine kurze Wegstrecke stromauf ein weiteres Flüßchen mit seinen Fluten vereinigte. Eine schöne Gegend, fürwahr, selbst für diese wilden Gesellen, die ganz und gar nicht der freundlichen Aussicht wegen gekommen war. Man schaute sich um und fand bald eine flache Mulde, die mittels einiger Tierhäute und Felle, über einige Äste gespannt und mit Gras und Flechtwerk abgedichtet, in eine Art Hütte verwandelt wurde. So etwa muß, am Rande der heutigen Altstadt, die allererste Besiedlung von Höchst durch menschliche Wesen in der Altsteinzeit, vor etwa 45.000 Jahren, ausgesehen haben.

Das Fazit für diese graue Vorzeit lautet also: Der älteste Höchster wohnte vor ca. 10.000–45.000 Jahren im Dalberger Haus und arbeitete bei den Main-Kraft-Werken. Nicht daß damit die MKW zum ältesten Industrieunternehmen der Welt stilisiert werden soll, hinter der etwas saloppen Formulierung steht die gesicherte Tatsache, daß Menschen des Mittel- bis Jungpaläolithikums einen Wohnplatz auf dem Gelände des Dalberger Hauses und einen Zurichtplatz zur Bearbeitung von Steinwerkzeugen im Bereich der MKW hatten. Der günstige, hochwassersichere Platz mit einer kräftigen Frischwasserquelle unter der Justinuskirche wurde eben seit dem Paläolithikum gerne von Menschen aufgesucht. Wir wissen nicht, wann erstmals Menschen im Höchster Stadtgebiet für längere Zeit seßhaft wurden. Grabfunde aus der Jungsteinzeit, Bronze- und Eisenzeit legen die Vermutung nahe, daß dies für längere Perioden schon sehr früh, wohl kaum aber schon auf Dauer der Fall war. Seit den Anfängen des Ackerbaus ab dem Ende der Jungsteinzeit darf man mit festen Siedlungsplätzen, deren Lage innerhalb einer begrenzten Region immer wieder verändert wurde, in unserer Gegend rechnen. Mehr wissen wir aus dieser schriftlosen Zeit nicht.

Von nun an braucht einen Höchster, und mit ihm der geneigte Leser, der Rest der Welt nur noch am Rande zu interessieren. Sie ist weiterhin da, ihre Boten werden immer wieder hereinschauen und den Kessel der Höchster Ereignisse kräftig umrühren, doch überlassen wir solche Darstellungen anderen, die dazu berufen sind (oder sich berufen haben). Wir wollen das verbleibende Papier der Geschichte von Höchst vorbehalten und werden sehen, was die Nachkommen unserer fernen afrikanischen Vorfahren hier alles angerichtet haben.

Es werde Höchst ...

Wie aber kam es nun zur Entstehung von Höchst?

Wenn man in der Geschichte nach gesicherten Daten und Fakten nicht so genau Bescheid weiß, dann hilft uns eine Literaturgattung auf eine überaus angenehme Art weiter: die Sage. Die Sage wie auch die Legende sind erfunden, nicht gelogen, wie ein allzu kritischer Betrachter solcher Geschichten meinen könnte. Sagen haben aber auch einen wahren Kern, der sie bisweilen sogar, wenn sie von altersher überliefert sind, als Quelle für den Historiker brauchbar macht.

Auch Höchst hat, wenn schon waschechte Gründungsdokumente fehlen, doch wenigstens seine Gründungssage. Sie ist nicht auch nur annähernd so alt wie Höchst und selbstverständlich – bis auf das obligate Körnchen – auch nicht so wahr. Dennoch ist es eine richtige feine Gründungssage, mit einem edlen Kaiser, tapferen Recken, treuen Knappen und am Ende der Belohnung für die edle Tat. Im Kapellensaal des Bolongaropalastes, auf dem Gemälde des Münchener Historienmalers Kolmsberger vom Anfang unseres Jahrhunderts, sieht man die Geschichte im Bild dargestellt, auf dem Höhepunkt der Ereignisse. Wer solche Darstellungen zu genießen vermag, der hat hier das Gründungsbild unserer Stadt Höchst in ganzer Größe und im Original vor Augen.

Was war geschehen. Im Jahre 778 war kein geringerer als Karl der Große nach Spanien gezogen, um die ungläubigen Mauren mit dem Schwert zur Annahme des Christentums zu veranlassen, so

heißt es. Ganz so edel waren die Motive des großen Karl sicher nicht, denn statt dem Islam insgesamt, wie es Christenbrauch schon damals in Spanien war, den Kampf anzusagen, verbündete er sich mit dem Emir von Saragossa und mischte nach Herzenslust in den damaligen spanischen Wirren mit. Da er sich aber in Spanien nicht so recht auskannte, geriet er bald zwischen alle Stühle, konkret, zwischen alle Fronten, und mußte schnell wieder abziehen. Um den Mißerfolg etwas zu verdecken und um ungefährdet nach Hause zu kommen, ließ Karl der Große eine Nachhut unter dem tapferen Recken Roland, bekannt von zahlreichen Marktplätzen, zurück.

Von nun an laufen alle Ereignisse zwangsläufig auf die Gründung von Höchst am Main zu. Als sei der Fall für ihn erledigt, zog Karl davon, innerlich wohl schon überlegend, daß, wenn schon in Spanien für ihn kein Blumentopf zu gewinnen sei, er vielleicht im gegenüberliegenden Italien sein Glück versuchen könne. Kaiser werden ist ja auch ein anständiges Berufsziel. Aber erst schaute er kurz in seinem geliebten Aachen vorbei, um sich dann langsam nach Süden zu begeben. Da erreichte ihn an einem nicht unsympathischen, aber namenlosen Flecken, eine halbe Tagesreise von Mainz entfernt, eine Nachricht, die ihn wie ein Donnerschlag zu Boden warf.

Ein Ritterschlag
und seine Folgen

Karl machte mit seinem Gefolge gerade Mittagspause auf dem Hochufer des Maines, vermutlich dort, wo heute die Schloßterrasse mit ihren schattigen Bäumen liegt, als ein ziemlich abgerissener, aber treu blickender Mensch in der Uniform eines Knappen der karolingischen Armee an seinen aufklappbaren Feldthron – wie ein solcher noch heute im Pariser Louvre zu sehen ist – herantrat. Atemlos, aber unmißverständlich berichtete er, die Nachhut der Spanienarmee sei von den Basken am Paß von Roncevalles vernichtend aufs Haupt geschlagen worden, und alle, auch der tapfere Recke Roland, sein Herr, seien umgekommen. Nur er, mit dem Namen Hostato, sei auf Geheiß Rolands geflohen, damit wenigstens einer daheim im Frankenreich Bescheid sage. Karl der Große war tief erschüttert, aber wie es sich für einen großen Kaiser, der er nach den Geschichtsbüchern ja erst noch werden wollte, gehört, faßte sich und erteilte dem treuen Diener Rolands den verdienten Lohn.

Hostato wurde sofort zum Ritter geschlagen, ihm wurde der Ort des Geschehens als Lehen übergeben gegen das Versprechen, daß er alsbald eine Burg und eine Kirche erbauen werde. Das richtete den ehemaligen Knappen sichtlich wieder auf. Er gab seinem neuen Besitz seinen Namen – Hostato –, und während noch die Staubwolke von Karls Heerhaufen nach Osten Richtung Frankfurt, wo mit vier Jahren Verspätung ebenfalls noch einiges zu gründen war, entschwand, trug Hostato schon mit einigen dienstverpflichteten Bauern die ersten Steine für das Höchster

Schloß und die Justinuskirche zusammen. So geschah es nach dem Dichter Calaminus und dem Sammler der nassauischen Sagen, Alois Henninger, im Jahre 790, und so ist das Ereignis auf dem Bild des Historienmalers Kolmsberger im Bolongaropalast dargestellt.

Als der katholische Stadtpfarrer Emil Siering vor ziemlich genau einhundert Jahren erstmals eine erstaunlich präzise Geschichte der Stadt Höchst und der Justinuskirche veröffentlichte, war ihm der sagenhafte Charakter der schönen Gründungsgeschichte sehr wohl bewußt, gleichwohl druckte er das Gedicht des Calaminus in seinem Buch ab und verlegte in einem Aufwasch auch das Gründungsjahr der Justinuskirche in das Jahr

13

790. Pfarrer Siering wollte eben auch gerne Jubiläum feiern, und das Höchster Schloßfest gab es ja noch nicht.

Kommen wir zu den nüchternen Fakten. Was stimmt denn nun an der Geschichte, wo ist wenigstens das Körnchen Wahrheit in ihr? Es handelt sich um das Jahr 790, das Jahr, in dem tatsächlich Höchst in einer in dieser Zeit ausgefertigten Urkunde erstmals erwähnt ist. Der alte Calaminus lebte im vergangenen Jahrhundert als Pfarrer im Hanauischen und war im Rechnen wohl nicht ganz so sattelfest wie im Verfertigen dramatischer Gedichte, sonst hätte er den armen Knappen Hostato nicht geschlagene zwölf Jahre, von 778 bis 790 in der Gegend herumlaufen lassen, bis er endlich in Höchst seinen Kaiser traf. Oder sollte er ein paar Jahre in einer weinseligen Gegend Frankreichs Pause gemacht haben, bevor er in den dunklen Wäldern Germaniens seinen Herrscher aufsuchte?

Ja, wann den nun ...?

Es ist allgemein bekannt, daß Karl der Große weder im Jahre 778 noch im Jahre 790 schon Kaiser war, und auch, daß weder der Bau der Justinuskirche noch der Burg, das spätere Höchster Schloß, im Jahr 790 begonnen worden sind. Wenden wir uns also endgültig von der Sage ab, das gewaltige Gemälde im Bolongaropalast mag die Erinnerung daran wachhalten.

Höchst ist auch keineswegs 786 oder 790 »gegründet« worden. Gründungsdaten, zu denen tatsächlich erstmals eine Ansiedlung etabliert wird, sind im Mittelalter im Gegenteil außerordentlich selten. Eine Gründung, die auch in

Urkunden ihren Niederschlag findet, kann zusammen mit der Stiftung eines Klosters, der Errichtung einer Burg oder in seltenen Fällen bei der Einrichtung einer Pfarrei in Rodungsdörfern außerhalb des seit altersher besiedelten Gebietes erfolgen. Im sogenannten Altsiedelland in unserer Region, dem Gebiet, in dem schon seit vorchristlicher Zeit Menschen siedelten, gibt es z.B. keine einzige Ortschaft, von der ein frühmittelalterliches »Gründungsdatum« bekannt wäre.

Was wir heutzutage feiern und zum Anlaß für unsere Jubelfeste nehmen, sind ausschließlich Daten der Ersterwähnung eines Ortes. Diese sind, gerade bei kleinen Ansiedlungen, ganz zufälliger Art und meist nur Erwerbs- oder Besitzvermerke von Klöstern oder großen Grundherren. Solche Urkunden wurden vielfach aus Anlaß einer Schenkung und oft lange nach der tatsächlichen Entstehung einer Ansiedlung ausgestellt. Auch in Höchst tun wir gut daran, das Jubeldatum von 790 nicht zur Grundlage allzu aufwendiger Feiern zu machen, denn die Überlieferung des Datums ist genauso zufällig wie das von allen anderen vergleichbaren Orten. Außerdem ist Höchst, sind vor allem die Höchster, wie eingangs erläutert, viel älter.

Schon die alten Römer ...

Mit der Ankunft der alten Römer wurde dann alles besser, die Straßen, der Wein, die Kultur, doch offenkundig kam Caesar nicht bis nach Höchst. Die Römer verkünden zwar bis heute auf ihren Monumenten und in den Annalen ihrer Schriftsteller großspurig ihre Eroberungen und Siege, von Höchst findet sich aber in der schriftlichen Hinter-lassenschaft des Imperiums keine Spur. Vielleicht waren die Höchster der Zeitenwende angesichts der herannahen-den römischen Legionen des Kaisers Augustus gerade wieder einmal umgezo-gen. Mit gutem Grund, denn die Legio-näre machten sich für rund ein Viertel-jahrhundert auf dem so bequemen Höchster Siedlungsplatz breit. Für den weiteren Vormarsch durch die Wetterau zur Elbe bauten sie in Höchst ein ein-faches Holz/Erde-Kastell, ein Marsch-lager, das nicht als dauernde Ansiedlung, sondern als Nachschublager für die zur Eroberung Germaniens eingesetzten Legionen gedacht war.

Hermann der Cherusker sorgte dann im Teutoburger Wald auch dafür, daß Höchst keine römische Gründung wurde. Nach ihren Mißerfolgen und dem laufenden Ärger mit den wider-spenstigen Germanen unserer Gegend zogen sich die Römer um 17 n. Chr. nach Mainz an den schönen Rhein zu-rück und behielten rechtsrheinisch nur den Kochbrunnen in Wiesbaden unter ihrer Kontrolle, vermutlich, um den in den dunklen, kühlen Wäldern Ger-maniens erworbenen Rheumatismus zu lindern.

Doch sie kamen zurück. Zu verlockend war die uralte gut gangbare Straße von Mainz entlang des Maines über Höchst in die fruchtbare Wetterau. In Mainz beluden erneut Legionäre die Schiffe mit Nachschub für die auf der Straße mar-schierenden Truppen. Im Naturhafen der Nidda ankerten sie und gründeten Nied. Jawohl, sie gründeten. Wir wissen zwar nicht den Tag und die Stunde, aber es muß zu Beginn des Chattenkrieges von Kaiser Domitian um 84/85 n. Chr.

gewesen sein, als man in Nied Fabrika-tionsgebäude und die zugehörigen Wohngebäude für eine ausgedehnte Legionsziegelei, die bis nach Mainz das gesamte Main-Taunusgebiet belieferte, errichtete. Und da kann man wohl von einer Gründung sprechen.

Und Höchst? Da oben auf dem Steilufer des Maines blieb es in der flavischen Kaiserzeit wohl ziemlich ruhig. Das ist verständlich. In allen Geschichtsbüchern werden die Römer wegen ihres prakti-schen Verstandes und ihres Organisa-tionstalentes gerühmt. Und da werden sie gerade in Höchst eine Fabrik auf dem Berg und den dazugehörigen Hafen in der Flußniederung der Nidda an-legen, auf daß sie den feuchten und schweren Rohstoff den Berg hinauf und die fertigen Ziegel denselben wieder hin-unterschleppen mußten. Nein, so schlau waren die Römer allemal, daß sie bei allen Vorzügen des Siedlungsplatzes in Höchst sich nicht unnötige Arbeit auf-halten. Selbst bei der damals üblichen Sklavenarbeit wäre das gegenüber diesen durchaus nicht rechtlosen Arbeits-kräften nur sehr schwer durchzusetzen gewesen. Spartacus wäre dann bestimmt der erste namentlich bekannte Höchster geworden. Und, wie gesagt, Nied mußte ja auch irgendwann einmal ins Licht der Geschichte treten.

Also, in Höchst war damals nicht viel los. Vielleicht wohnten hier ein paar Randfiguren des Nieder Fabrikbetriebes, hatte auch der Höchster Hof einen Vor-läufer in Form einer römischen mansio, eines Rasthauses an der vielbefahrenen Straße nach Mainz. Mehr wohl kaum. Ein früher gerne behauptetes flavisches Steinkastell in der Höchster Altstadt hat sich durch die neuere Forschung in Luft aufgelöst, und es bedurfte dessen auch gar nicht. Mit der Errichtung des Limes lag die Grenze des Imperiums auf dem Taunuskamm, und auch die flavischen Kastelle zu seiner Sicherung orientierten sich dorthin. Auch die Nachschubwege gingen nicht mehr auf der prähistorischen Straße durch Höchst, sondern ganz modern über die Autobahn A 66 Wiesbaden-Frankfurt, oder genauer, die neue Römerstraße von Mogontiacum nach Nida/Heddernheim. Aber das ist in unserem Gebiet noch immer die gleiche Straße. Da könnte man auch irgendwann einmal Jubiläum feiern.

Im Jahre 260 war die Herrlichkeit zu Ende. Obwohl sich die Römer hier durchaus nicht unbeliebt gemacht hatten, – sie hatten den Wein und nützliche Obstsorten eingeführt und vorab schon den deutschen Sprachschatz, obwohl hier noch niemand deutsch sprach, um eine Menge von Lehnwörtern bereichert – brachen die wilden Alamannen endgültig über den Limes über den Rhein und jagten die Römer in das stark befestigte Mainz. Von dessen sicheren Mauern hatten sie dann Gelegenheit, zu beobachten, was in unserer Region, also auch in Höchst, geschah.

Damit sind die Römer wieder einmal schlauer als wir. Wir wissen nämlich von der Zeit zwischen 260 und etwa 770 nichts. Und die wissenden Römer zogen im 5. Jahrhundert auch von Mainz ab, ohne eine Zeile über die Geschichte von Höchst zu hinterlassen. Das ist bei ihren Schwierigkeiten in der Völkerwanderung nur allzu verständlich, aber für den Historiker sehr unangenehm, waren doch die Römer damals die einzigen, die überhaupt etwas aufzuschreiben pflegten.

Aus Grabfunden und dem hier und da wehenden Hauch der großen Geschichte können wir uns ein wenig zusammenreimen. Um 500 wurden die Alamannen von den Franken aus dem Maingebiet vertrieben. Außer einem Ortsnamen wie Sindlingen und ein paar Grabbeigaben ließen die Alamannen hier nichts zurück, oder hat jemand schon einmal einen alteingesessenen Sindlinger schwyzerisch reden hören?

Alamannen und Franken stießen keineswegs in menschenleere Gebiete. Gerade im hessischen Bereich hatten nämlich die Germanenstämme der Chatten und der Mattiaker nicht die geringste Lust verspürt, mit dem Vorläufer des Massentourismus, der Völkerwanderung, durch ganz Europa zu laufen, um sich am Ende in Italien oder Afrika von kriegstüchtigen Byzantinern aufs Haupt schlagen oder, viel schlimmer noch, sich von einer feurigen Mittelmeerschönheit heiraten und in die dortige Bevölkerung einschmelzen zu lassen. Man war daheim geblieben und vermischte sich lieber mit allen Bevölkerungsteilen, die die Römer hier zurückgelassen hatten, vom syrischen Bartauszupfer bis zum wilden, rothaarigen Kelten aus den Bergen Kaledoniens. Manchen alten Höchstern sieht man diese vorzügliche Mischung noch an.

Hoch, Höher, Hohstedin

Mit den germanischen Urbewohnern als bodenständigem Element und den Eingeplackten als Hefe im Sauerteig konnte sich nun die Bevölkerung der nächsten 1500 Jahre etablieren. Daß man in den Anfängen dieser Entwicklung seine Ruhe vor der Geschichte haben wollte, ist nur zu verständlich. Es würde ohnehin noch schlimm genug kommen. Deshalb schrieb auch niemand etwas auf. Wie auch, war doch der nächste Schriftgelehrte frühestens in Mainz mit seinem dünnen kirchlichen Leben zu vermuten. Man wohnte nach Art der Franken weit auseinander in Einzelgehöften oder Weilern und ging sich so tunlichst nicht auf die Nerven. Weil einer dieser Weiler auf dem schon sattsam bekannten Hochufer des Maines oberhalb der Nidda gelegen war, bürgerte sich in der althochdeutschen Sprache, die damals in Mode kam, der Name Hohstedin für die winzige Hofgruppe ein. Irgendwie mußte man sich ja von benachbarten Siedlungen wie Scuntilinga, Ciolfesheim oder Aschenbrunne unterscheiden.

Wann aber nun bekam Höchst seinen Namen, ab wann waren die paar Bauernstellen im Höchster Stadtgebiet unter dem Namen Hohstedi oder auch Hostat, wie die verballhornte Abschrift des Namens im Lorscher Codex aus dem 12. Jahrhundert lautet, bekannt?

Dazu gibt es nur Vermutungen. Wir wissen aus der Namensforschung zu topographischen Namen, daß einstämmige Orts-, Flur- und Gewässerbezeichnungen sehr alt sind und oft bis in die vorrömische Zeit zurückgehen. Der Main und die Nidda, aber auch Cruftela = Kriftel sind hierfür gute Beispiele. Nachdem das Main-Taunus-Gebiet um 500 n. Chr. unter fränkische Herrschaft kam, begannen zusammengesetzte Orts- und Gewässernamen wie Leoderbach, Sulzbach oder Ciolfesheim in den Vordergrund zu treten. Mit der erweiterten Landnahme benötigte man einfach Orts- und Siedlungsnamen, die man neu aus topographischen Bezeichnungen, Eigenschaften und den Namen der Besitzer definierte.

In diese Namensschicht ab 500 n. Chr. fällt auch der Ortsname Hohstedi = Hohe Stätte, der nichts anderes als eine Bezeichnung für das Siedlungsareal auf dem Hohen Ufer des Maines bei Höchst ist. Der einfallslose, aber bezeichnende Name ist nicht selten. Östlich von Frankfurt hat er in Hochstadt, den Apfelweintrinkern in Verbindung mit dem »Alten Hochstädter« ein Begriff, sein Gegenstück. Eine Verwechslung in alten Urkunden mit Höchst ist nicht möglich, da Höchst durch den Zusatz »in Nitahgowe« also im Niddagau, was für Hochstadt nicht zutrifft, hinreichend gekennzeichnet ist. Einen Ursprung in annähernd gleicher Zeit darf man jedoch beiden Ansiedlungen unterstellen.

Eher wäre bei einer möglichen Verwechslung an das nahe, ebenfalls im Niddagau gelegene Höchstadt, heute Ober- und Niederhöchstadt zu denken. Dessen Ersterwähnung unter dem Namen Heichstet, wenig später Hecgistat, im Jahre 782 könnte, gerade beim Gebrauch des hiesigen Dialektes, Anlaß zu Verwirrungen geben. Die ebenfalls in dieser Zeit vorkommende Schreibweise Ecgistat befreit jedoch von dieser Versuchung. Es handelt sich hier, wie wir auch aus der Topographie des Ortes ersehen können, nicht um eine hochgelegene, sondern um eine eichenumstandene Stätte, eine Siedlung am Eichwald, wie er ja auch unter diesem Namen bei den benachbarten Bad Soden und Sulzbach noch sichtbar bis heute existiert. Die Jogger, die sich in diesem Fleckchen Wald allmorgentlich die Lunge aus ihrem Gichtkörper hecheln, treiben ihren eigenartigen Sport just an dieser ehrwürdigen Stätte.

Ob Hohstedi oder Hostat, im Niddagau ist Höchst jedenfalls einmalig. In der Frage der Ersterwähnung, 786 oder 790, ist die Frage nicht ganz so hundertprozentig zu klären, obwohl eine so fachkundige und unbestechliche Institution wie das Hessische Hauptstaatsarchiv in Wiesbaden die Meinung vertritt, zu siebzig Prozent sei das Datum von 790 das richtigere. Das ist wichtig zu wissen. Wenn es auch nur vier Jahre Unterschied sind, muß man doch wenigstens annähernd genau wissen, wann man aus Anlaß eines Jubiläums ein Faß aufmacht. Sonst hat man entweder auf dem falschen Bein Hurra geschrien oder aber vom langen Zuwarten wird das Bier schal.

Auch Leichen geben noch Auskunft

Wir kommen in die Zeit der Leichenzüge. An sich war es Brauch, die verstorbenen Mainzer Bischöfe bei St. Alban, allenfalls einer anderen Mainzer Kirche beizusetzen. Beim Tod des hl. Bonifatius, des Apostels der Deutschen, im Jahr 754 allerdings ging das nicht. Er hatte doch zu sehr mit seinem Herzen an seiner Lieblingsgründung Fulda gehangen und wünschte auch dort mit seinen sterblichen Überresten bestattet zu sein. Also luden ihn seine Getreuen, vielleicht wegen des langen Fußmarsches ein wenig murrend, auf die Schultern und trugen ihn über die alte Römerstraße, die heutige Autobahn A 66, durch die Wetterau und durch die

Buchonia, den Vogelsberg, nach Fulda. Auch wenn Höchst damals vielleicht schon bestand, so war das für den Trauerzug kein Grund, dorthin abzubiegen und Rast zu machen. Es wird sich wohl nicht gelohnt haben.

786, gut dreißig Jahre später, war das schon anders. Es war wohl in Mainz unter den nunmehrigen Erzbischöfen Mode geworden, sich in neugegründeten Klöstern außerhalb der Metropole zur letzten Ruhe zu legen. Jedenfalls hatte der Leichenzug des Erzbischofs Lullus auf ähnlichem Weg nun das Kloster Hersfeld zum Ziel. Wohl in Erinnerung an die mühselige Schlepperei vor zweiunddreißig Jahren machten es sich die in die Jahre gekommenen Sargträger nun etwas einfacher. Der frisch verstorbene Erzbischof wurde in Mainz auf ein Schiff geladen und soweit es ging auf dem Fluß transportiert. Das ging gerade, wie schon bei den alten Römern, bis Höchst. Ab hier führte die Landstraße auf der

Trasse der Kurmainzer Straße über Sossenheim nach Eschborn und dann, wie schon beim alten Bonifatius, durch Wetterau und Vogelsberg nach Hersfeld. Nachdem sie sich bei so spektakulären Ereignissen als tauglich erwiesen hatte, wurde sie im weiteren Verlauf des Mittelalters zu einer vielbenutzten Straße und unter dem Namen »durch die kurzen Hessen« weithin berühmt.

Vom Leichenzug des hl. Lullus berichtet uns der Mönch Lambert von Hersfeld in einem ins 11. Jahrhundert datierenden Bericht. Von Bedeutung ist dabei, daß Lambert in diesem Bericht für das Jahr 786 von einem Ort »in loco qui dicitur Hohstedi«, also Höchst, spricht. Nun war Lambert, der im 11. Jahrhundert lebte, bei dem Ereignis natürlich nicht anwesend – er wird wohl aus älteren Quellen abgeschrieben haben –, aber hätten wir aufgrund dieser Nachricht nicht schon 1986 Grund gehabt, unser Jubiläum zu feiern?

Für solche Streitfragen gibt es eine mit großer Autorität begabte Zunft, die Urkundenforscher. Von ihnen kommt zum Datum 786 ein einhelliges »Nein«. Und recht haben sie. Der Bericht Lamberts aus dem 11. Jahrhundert ist nämlich nach den strengen Kriterien der Urkundenforscher keine Urkunde, sondern nur ein Bericht. Lambert könnte einerseits zuverlässig aus alten Urkunden abgeschrieben haben, er könnte aber auch die im 11. Jahrhundert übliche Bezeichnung von Höchst, und der Ort stand damals unter dem Namen Hostedi in allen einschlägigen Adressbüchern, übernommen haben. Daß er auch noch Höchst an den Rhein verlegt, spielt bei dieser Art der Beurteilung gar keine Rolle. Seiner Erwähnung von Höchst schon im Jahre 786 kommt einige Wahrscheinlichkeit zu, Beweiskraft hat sie nicht. Lambert gilt überdies vielen Historikern als eine Art Lügenbaron, der es mit der Wahrheit nicht so genau nahm. Aber das gilt nur für seine Schmähungen Kaiser Heinrichs IV., des Canossa-Heinrich, den das Schandmaul auf den Tod nicht ausstehen konnte.

Gefeiert werden aber darf nur bei Vorliegen einer Urkunde von hoher Beweiskraft, sagen die Urkundenforscher mit erhobenem Zeigefinger. Diese wird zu den erwähnten siebzig Prozent nur der im Lorscher Codex überlieferten Urkunde aus dem Jahre 790 zuerkannt. Daß ein Original des 8. Jahrhunderts nicht vorliegt und die Urkunde in ihrer heutigen Fassung eine Abschrift aus dem 12. Jahrhundert ist, spielt nur im Hinblick auf die fehlenden dreißig Prozent eine Rolle. Man konnte auch damals, zumal wenn es sich um Besitztitel handelte, Urkunden aus älterer Zeit zuverlässig abschreiben, und überdies sind

siebzig Prozent dafür ein Ergebnis, welches die Abfasser heutiger Staatsverträge bei der Abstimmung zu wahren Jubelstürmen veranlassen würde.

Die Villa vom alten Thiotmann

Wenden wir uns also der Urkunde des Jahres 790 zu. Sie ist vom Inhalt her recht dürftig. Da erhält der Abt Richbodo vom Kloster Lorsch nahe Worms zugunsten des dort verehrten hl. Nazarius von einem Thiotman, zum Seelenheil des – wahrscheinlich gerade verstorbenen – Warman, einen Bauernhof und acht Morgen Ackerland »in villa hostato« im Niddagau. Immerhin erfahren wir mit Thiotman und Warman die Namen der ersten bekannten Höchster Einwohner und auch, daß sie Ackerbauern waren. Aber schon bei der Bezeichnung »villa hostato« ist unsicher, ob es sich um eine Hofgruppe oder ein Dorf handelte. Das erste ist bei der feststellbaren Siedlungstopographie von Höchst wahrscheinlicher.

Es wurde ja schon erwähnt, daß die Germanen im allgemeinen und die Franken im besonderen gar nicht darauf erpicht waren, auf einem Haufen in richtigen Dörfern zusammenzuleben. Die spätrömischen Städte am Rhein haben sie fast vollständig gemieden, weshalb die provinzialrömische Mischbevölkerung mit ihrem spärlich keimenden und bisweilen etwas bibelfremden Christentum sich dort noch längere Zeit halten und den Segnungen römischer Kultur eine, wenn auch dürftige, Heimstatt bieten konnte. Nur wenige merowingische Könige wollten frühzeitig in die Nachfolge römischer Senatoren und Caesaren eintreten, indem sie in Köln im alten

Von Thiotmann

...(mittelalterliche Urkundenschrift)...

Statthalterpalast residierten. Aber weil es
so viele Statthalterpaläste in alten
Römerstädten gar nicht gab, setzte sich
dieser Brauch bei der breiten Masse der
Bevölkerung nicht durch, und man blieb
bei der hergebrachten Siedlungsweise
der Germanen in auseinanderliegenden
Einzelgehöften und Weilern.

Wenn hier nun nicht gerade auf die
schändlichste Weise gelogen wurde, dann
müßte das doch auch für die im Ent-
stehen begriffene Siedlung in Höchst
gelten. Nun besitzen wir aber außer dem
Wort »villa« der Thiotman-Urkunde, das
in seiner Verwandlung zum heutigen
»Weiler« geworden ist, keinen direkten
Hinweis auf die Siedlungsstruktur von
Höchst in dieser Zeit. Aber, Glück muß
man haben, und ein fleißiger Forscher
hat es auch an zahlreichen Beispielen
nachgewiesen, topographische Namen
von Orten und Feldfluren halten sich,
wenigstens bis vor wenigen Jahren, als
plötzlich jedes verlotterte Kaff seinen
jahrtausendealten, vielleicht etwas
holprigen Namen änderte, um fortan

Rosenberg oder Schönblick oder auch
nur verwaltungsmäßig Schmitten 3 zu
heißen; bis vor wenigen Jahren waren
historische Orts- und Flurnamen als
historische Quelle oft über Jahrtausende
brauchbar. Die einstämmigen Namen
Main und Nidda sind noch keltisch,
ebenso Altkönig = Altkin und Taunus,
in dem das keltische Wort Dun für
Höhe noch durchklingt und sich auch
in Ortsnamen wiederfindet: man denke
nur an Bad Homburg vor der Höhe.

In der Höchster Gemarkung ist es eine
alte, längst vergessene Flurbezeichnung,
die uns einen mittleren Kronleuchter
aufgehen läßt. Das Gelände zwischen
der Mainzer Landstraße und dem ehemaligen Vicinalweg nach Zeilsheim
jenseits des Tores Ost im Stammwerk
der Hoechst AG gelegen, hieß, bis es ab
1869 von der Alizarinfabrik überbaut
wurde, »Auf der alten Kirche«. Schon im
ältesten Höchster Gerichtsbuch aus dem
15. Jahrhundert kommt dieser Flurname

in der gleichen Form vor. Nun hat man dort zwar nie auch nur die Spur eines Kirchenbaus gefunden, aber der Name an sich und mehr noch, ein Gräberfeld in eben diesem Bereich legen doch die Annahme einer kleinen Siedlung nahe. Auch diese war keinesfalls ein Dorf, sondern eher das Hofgut eines fränkischen Freien oder Adeligen mit den Hütten der Angehörigen seiner Sippe und seines Haushaltes. Die alte Kirche war dann eine fränkische, zum Hofgut gehörige Eigenkirche und kaum mehr als eine unscheinbare Holzhütte. Immerhin war hier neben der Siedlung auf dem Hochufer in der Höchster Altstadt ein weiterer Siedlungsplatz vorhanden, und die Erinnerung an ihn hat sich durch die ehemals hier stehende Kirche auch über den Bau der Justinuskirche hinaus durch mehr als ein Jahrtausend gehalten.

Außerhalb des ältesten Ortskernes von Höchst zwischen Justinuskirche und Porzellanhof am Marktplatz gibt es weitere Siedlungsspuren, die jedoch nur durch Grabfunde und deshalb nicht so sicher wie die »Alte Kirche« belegt sind. Immerhin entsteht auf diese Weise doch eine Vorstellung vom frühen Höchst zur Zeit des Thiotman. Im späteren Stadtgebiet verstreut lagen einige Gehöfte und Hofgruppen von Ackerbauern lose verstreut, ohne daß ein dörflicher Zusammenhang oder auch nur ein Siedlungszentrum zu erkennen ist. Thiotman allerdings wird, wie der Name hostato in der Urkunde nahelegt, durchaus auf dem Hochufer des Maines im Bereich der Altstadt gewohnt haben.

Das geschummelte Kirchenjubiläum

Man hat aus seiner Schenkung einer Hofstatt an das Kloster Lorsch geschlossen, daß dies mit der Auflage geschehen sei, in Höchst eine Kirche zu bauen. Pfarrer Sierung feierte aus diesem Grund vor einhundert Jahren etwas vorschnell zugleich mit der Ersterwähnung von Höchst das 1100jährige Jubiläum der Justinuskirche. Seine Begeisterung für die Kirche ist gerade aus heutiger Sicht verständlich, und wir sehen gerne über den Lapsus des sonst außerordentlich gründlichen Historikers Sierung hinweg, zumal wir über das wahre Alter der Justinuskirche heute hinlänglich informiert sind.

Schenkungen an das aufblühende Kloster Lorsch gab es damals vom Bodensee bis zur Nordsee zuhauf. In unserer Gegend häufen sie sich rund um Eschborn, in Höchst bleibt die Schenkung eines Bauernhofes die Ausnahme. Und eine Hofstatt wäre, verbunden mit der Forderung nach dem Bau einer Kirche, eine gar jämmerliche Dotierung gewesen. Die Einkünfte daraus hätten für das Weihwasserbecken am Eingang, nicht aber für Bau und Unterhalt einer ganzen Kirche gereicht. Überdies, wenn das Kloster Lorsch für jede Schenkung einer Hofstatt zum Bau einer Kirche verpflichtet gewesen wäre, dann hätte die Fertigbauweise schon damals erfunden werden müssen. Anders in Eschborn. Dort erhielt das Kloster Lorsch zwischen 770 und 800 etwa zwanzig Bauernhöfe und ein Drittel der Kirche im untergegangenen Dorf Tidenheim nahe bei, genug für eine Verpflichtung auf die geistliche Versorgung der Bevölkerung.

Lorsch baute also, ganz im Gegensatz zu Vermutungen in der älteren Literatur, in Höchst keine Kirche, gründete auch kein Kloster und war bei nur einer Bauernstelle auch nicht der Grundherr am Ort. Wer aber hatte im ausgehenden 8. Jahrhundert hier etwas zu bestellen?

Als sich das mittelalterliche, wesentlich von Karl dem Großen mitgestaltete Reich ab 1803 auflöste, war der Erzbischof von Mainz der Landesherr und Gebieter in Höchst. In der Urkunde von 790 wird Höchst als im Niddagau liegend bezeichnet, was die begründete Vermutung gestattet, daß der zuständige Gaugraf einige Herrschaftsrechte am Ort hatte, darunter die Blutgerichtsbarkeit. In diesem kleinen Umkreis wird man den Herrn von Höchst suchen müssen, da ja der Hostato der Sage wohl ausfällt.

Wie man sich ein Stück Land unter den Nagel reißt

Im Jahre 849 berichten die im Kloster Fulda verfaßten Annalen von einer »villa hohstedi, quae est in territorio mogontiaco«, also von der Siedlung Höchst, welche im Mainzer Gebiet lag. Über den Charakter der Siedlung sagt diese Notiz nichts aus, wohl aber über die Tatsache, wer in Höchst der Herr im Hause war: niemand anderes als der Erzbischof von Mainz. Es ist dies das erstemal, daß diese Tatsache urkundlich klar ausgesprochen wird.

Gegenüber dem Jahr 790 hatte sich allerdings auch einiges verändert. Um 830 herum hatte Erzbischof Otgar von Mainz mit dem für damalige Verhältnisse gewaltigen Bau der Justinuskirche

begonnen. Nun, im Jahre 849 war sie so gut wie fertig, und Otgars Nachfolger, der berühmte Hrabanus Maurus, brütete im Mainzer Bischofspalast schon über seinen Weihegedichten für die neuen Altäre, die er im folgenden Jahr zu weihen gedachte. Aus einer späteren Urkunde von 1090 wissen wir, daß die Justinuskirche eine Eigenkirche der Erzbischöfe von Mainz war. Eine eigene Kirche dieser Größe, das hieß aber auch ebensogroßer eigener Grundbesitz am Ort und in der Umgebung. Die Mainzer geistlichen Herren hatten es also verstanden, in Höchst ihre Pflöcke einzuschlagen und den Gaugrafen, dessen damaligen Namen wir nicht einmal kennen, weitgehend aus seinen Rechten zu verdrängen. Konsequenterweise verdrückte er sich alsbald auf seine Burg Nürings, oberhalb von Falkenstein im Taunus, und ließ sich in Höchst nicht mehr blicken.

Der Hintergrund dafür waren die noch nicht so gefestigten Besitzverhältnisse im fränkischen Reich in dieser Zeit. Es gab das Königs- oder Fiskalgut, das dem König direkt in eigener Verfügung und zu eigenem Nutzen zustand. Es gab das Allodialgut, das persönliche Eigentum der Adeligen und freien Bauern, weiterhin das Kirchengut, das nicht Eigengut der Bischöfe und Priester, sondern Eigentum der in den Kirchen verehrten Heiligen, als quasi einer Körperschaft überirdischen Rechts war, und es gab, mit zunehmender Tendenz Lehens- und Amtsgüter, letztere zum Beispiel für den Gaugrafen des Niddagaus. Daneben gab es Herrschaftsrechte, Gerichts- und Zehntrechte, oder in anderen Worten, Rechte jurisdiktionaler und fiskalischer Natur, welche sich, ebenfalls mit zunehmender Tendenz, mit den Eigentumsrechten an Grund und Boden zu einem für unser Staatsrechtsverständnis schwer durchschaubaren Geflecht von Herrschafts- und Territorialrechten verwoben. Daneben gab es auch noch echtes Niemandsland, von niemandem beansprucht, von niemandem genutzt und daher auch von niemandem beherrscht.

Mit anderen Worten, wer es in diesem Tohuwabohu bewerkstelligte, an einem Ort eine möglichst große Vielzahl von verschiedenen Rechten in die Hand zu bekommen, Grundeigentum aus Allod und Lehen, Gerichtsrechte und Kirchenzehnten, vielleicht als Amtsinhaber sogar einige Grafenrechte, der vermochte schon früh im Mittelalter eine echte Territorialbildung unter Ausschluß der Herrschaftsrechte anderer, in Höchst der Gaugrafen des Niddagaues, zu betreiben. Überwiegend wurden bei der frühen Herrschaftsausbildung im Frankenreich solche Bemühungen durch Siedlungspolitik und Klostergründungen, Kirchen- und später auch Burgenbau jedermann anschaulich gemacht. Genau eine solche Politik betrieben die Mainzer Erzbischöfe zwischen Mainz und Frankfurt.

Von Mainz ausgehend, weiteten sie ihren Einfluß, dabei geschickt ihre Rolle bei der Missionierung der noch heidnischen Germanen ausnutzend, schon im 7. Jahrhundert entlang des Untermains und bis in die Täler des vorderen Taunus aus. Das Frankfurter Gebiet war ihnen unerreichbar, da hier der König schon vor der Ersterwähnung der Siedlung 794 vorsorglich einen ausgedehnten Herrschafts- und Fiskalbezirk aufgebaut hatte. Dagegen konnte auch ein Mainzer Erzbischof nicht anstinken.

Bis zu diesem Gebiet aber, zumindest jedoch bis zur Nidda hin, war noch einiges zu erreichen. Der häufig wechselnde Amtsgraf des Niddagaues war für den Mainzer Erzbischof, den Primas unter den geistlichen Fürsten des Reiches, kein ernstzunehmender Gegner. Mögen um 790 die Besitzverhältnisse im Niddagau noch einigermaßen im Fluß gewesen sein, spätestens um 830 setzte der Mainzer Erzbischof Otgar mit dem Bau der Justinuskirche machtvoll seinen Fuß in die Tür des Niddagaues. Der großkotzige Kirchenbau mit dem imperialen Schmuck der Kapitelle zeigte nun auch dem letzten Hörigen überdeutlich, wer das Hochufer des Maines gegenüber dem Königsfiskus Frankfurt in Besitz genommen hatte. Die Erwähnung in den Fuldaer Annalen von 849 zeigt, daß der Erzbischof mit seiner Maßnahme Erfolg hatte.

Mit der Justinuskirche beginnt aber auch die Geschichte des Dorfes Höchst und endet die Phase des Werdens dieser Ansiedlung. Diese Kirche war von Erzbischof Otgar zum Ausgangspunkt und zum Zentrum einer Territorialbildung um den wichtigen Platz Höchst herum, an dem Zusammenfluß von Main und Nidda, an einer gangbaren Furt durch den Main und an der Abzweigung der Straße »durch die kurzen Hessen« von der Mainzer Landstraße, ausersehen worden. Zugleich sah der weitblickende Kirchenfürst die vorzüglichen Eigenschaften des Siedlungsplatzes auf dem hohen Mainufer: hochwasserfrei, in geschützter Lage, mit reichlich Frischwasser durch den Liederbach und einer kräftigen Quelle. Hier ließ es sich gut sein, hier konnte man Hütten bauen.

In der Tat beobachtet man bald nach der Erbauung der Justinuskirche die Aufgabe von Reihengräberfeldern und damit der zugehörigen Siedlungen in der Umgebung des späteren Stadtkernes. Auch die Aufgabe der Siedlung »auf der alten Kirche« am Tor Ost rechnet hierzu. Da hat der weitblickende Erzbischof wohl schon beizeiten Platz geschaffen für eine Fabrik, die nach mehr als 1000 Jahren den Namen des Weilers auf dem Hochufer des Mains in alle Welt trug. Diese Fabrik zeichnet auch verantwortlich für eine umfassende Würdigung des eingangs behandelten treuen Knappen Hostato. Auch Hostalen und Hostaform, Hostalit und Hostaphan verkünden heute in aller Welt seinen Namen, er kam damit zu einer Berühmtheit, die sich sein Schöpfer Calaminus 1845 nie hätte träumen lassen.

So hat sich nun also die lange Dunkelheit seit dem Abzug der Römer im frühen Mittelalter etwas erhellt. Licht genug immerhin, um wenigstens in Umrissen etwas vom Werden des Ortes Höchst mitzubekommen. Sicher sind Thiotman und sein verblichener Vater Warman kein befriedigender Ersatz für den verbummelten und zugleich heldenhaften Knappen und Ritter Hostato, aber sie haben wenigstens gelebt. Während sie ihre kargen Äcker umgruben, trat Höchst, ohne daß es die Zeitgenossen so recht mitbekamen, in das Licht der Geschichte. Nun sind wir also da, wir Höchster. Jetzt wird es ernst. Es gilt nun, in den folgenden Kapiteln mitzuteilen, was die Höchster in den kommenden Jahrhunderten so alles angestellt haben, mehr noch, was ihnen von anderen widerfahren ist.

Zwischen Klerikern, Rittern und braven Bürgern

War es im Jahr 850, drei Jahre früher oder vier Jahre später? Genau wissen wir es nicht, aber irgendwann in diesen Jahren um die Jahrhundertmitte herum muß es gewesen sein, denn nur damals saß Hrabanus Maurus auf dem Thron des Erzbischofs von Mainz. Gerne saß er da übrigens nicht. Er war vorher Abt im hochangesehenen Bonifatiuskloster in Fulda gewesen und vertauschte diesen schönen Posten nur ungern gegen den Mainzer Erzstuhl. Die Gelehrsamkeit in der Abtei von Fulda behagte ihm mehr als der Job im betriebsamen Mainz. Aber die Pflicht rief, und schlecht dotiert war die neue Tätigkeit nun auch nicht gerade und so sahen denn eines Tages die Arbeiter auf den Gerüsten der gerade ihrer Vollendung entgegengehenden Justinuskirche in Höchst eine Kolonne mit Karren und Packpferden vorbeiziehen, auf denen der Hausrat des frisch gebackenen Erzbischofs transportiert wurde. Auch das neue Oberhaupt der deutschen Kirche konnte sich bei dieser Gelegenheit davon überzeugen, daß ihm hier Arbeit ins Haus stand: die Kirche mußte ja schließlich geweiht werden. Hrabanus Maurus war schon hinreichend bekannt für seine »tituli«, Weihegedichte, die er für die Altäre einer neuen Kirche zu verfassen pflegte. Die Höchster mit ihrer im Vergleich zu anderen Orten prunkvollen neuen Kirche – so etwas hatte noch nicht einmal der berühmte Einhard, erst in Steinbach im Odenwald, dann in Seligenstadt am Main, zuwege gebracht – erwarteten einiges von ihrem neuen Oberhirten.

Und Hrabanus Maurus ließ sich nicht lumpen. Einige Nächte bei Talglicht und Fackelschein, und schon waren dem als Dichter berühmten Kirchenfürsten fünf reichhaltige Gedichte, eines für das Grab des hl. Justinus in der Kirche, vier weitere für die Altäre, aus der Feder geflossen. Neben dem Kirchenpatron ließ er dabei eine beachtliche Riege von Heiligen aufmarschieren, denen gemeinsam der Schutz der Kirche anvertraut war. Alte Mainzer Bekannte wie Bonifatius und Albanus, den Titelheiligen der Albanusstraße im heutigen Höchst, findet man da, den auf einem Grill gerösteten Märtyrer Laurentius, einige fromme Päpste und auch die hll. Petrus und Marcellinus des Bauherrn aus der Nachbarschaft, Einhard, Biograph Karls des Großen, der diese Heiligen unter sehr dubiosen Umständen aus Rom geholt hatte, wobei er, wie wir heute wissen, gründlich übers Ohr gehauen wurde. Der fränkische Nationalheilige Martin ist ebenso vertreten wie der Ordensstifter Benedikt und auch die heilige Cäcilia. Letztere wurde als Schutzpatronin noch in unserem 20. Jahrhundert von Rektor Hensler in Anspruch genommen, als er seinen Hilfeschrei nach einer klingenden Orgel in die folgenden Reime goß:

Oh gute heilige Cäcilia
Ich bitte dich innigst, oh hilfreiche Fraa
Verjage den heiligen Schlendrian
und nimm dich selbst dieser Orgel an

Amen.

Die Wirksamkeit der von Hrabanus Maurus mehr als tausend Jahre zuvor herbeizitierten Kirchenpatrone erwies sich 1987, als die besagte Heilige beim Vorstand der Hoechst AG erreichte, daß die Justinuskirche eine neue Orgel in bester Konzertqualität bekam. Seit März 1988 kann die hl. Cäcilia sich zufrieden zurücklehnen, die neue Orgel erfreut seither die Besucher der Kirche.

Harte Herren und zarte Bande

Nicht alle damals in der Justinuskirche verehrten Heiligen können in diesen wenigen Zeilen Erwähnung finden, der Autor bittet um Nachsicht. Nicht weniger groß als die Schar der Heiligen war knapp zweihundert Jahre später die Zahl der deutschen Kirchenfürsten, Bischöfe und Erzbischöfe allesamt, die sich an der kleinen Tür der Justinuskirche drängelten. Was war hier los, ausgerechnet im verschlafenen Höchst, von dem man seit der Weihe der Kirche nichts mehr gehört hatte? Weltgeschichte war angesagt, wenigstens soweit sie sich in Europa abspielte, mit allem Drum und Dran, mit Kaiser, Papst, Fürsten und Erzbischöfen, vor allem aber mit einem Liebespaar, wie es keine Gartenlaube, kein Groschenroman schöner erfinden könnte. Geschichte pur, jedoch aus dem Stoff, aus dem wahre Dramen sind. Das Jahr: 1024, Finale in Höchst, Showdown in der Justinuskirche.

Zuerst die Akteure: Otto von Hammerstein, entfernter Verwandter Kaiser Heinrichs II., aber von diesem wegen seines politischen Einflusses gar nicht geschätzt und Irmingard, seine ihn liebende Frau. Sie war mit ihm nach privatrechtlich / römischer Rechnung im 7. Grad verwandt, nach kirchlich / kanonischer Rechnung jedoch im (sündhaften) 4. Grad. Somit war den einen diese Ehe schlichtweg egal, die anderen aber schrien Zeter und Mordio. Im Lager derjenigen, welche die zarte Romanze mit nachsichtig mildem Blick betrachteten, befanden sich Erzbischof Pilgrim von Köln und sein nächster Vorgesetzter, Papst Benedikt VIII.. Zu den Gegnern der gräflichen Ehe gehörten, allerdings aus sehr durchsichtigen weltlichen Gründen, Kaiser Heinrich II. und der Eigentümer der Justinuskirche, Erzbischof Aribo von Mainz. Dieser nun war ein die alten kanonischen Vorschriften sehr eng auslegender Herr, der diesen Konflikt ganz nebenbei auch dazu nutzte, den seit langem schwelenden Streit mit dem Kölner Erzbischof um das Recht zur Krönung des deutschen Königs wieder einmal kräftig anzuheizen. Bei soviel unheiligem Beiwerk wurde das Gerangel um die Gültigkeit der Hammersteinischen Ehe schnell zur Farce. Zwischen Kaiser und Papst, Köln und Mainz ging es eigentlich nur noch darum, wer wem am Ende eine lange Nase zeigen konnte.

Kaiser Heinrich II. löste das Problem auf seine Weise. Er belagerte und zerstörte die Burg Hammerstein, vertrieb den Grafen samt seiner treuen, auch ihm verwandten Gattin aus ihren Machtpositionen und wars zufrieden. Es blieben die drei Kirchenherren unter sich. Unter dem Eindruck eines Bittganges der schönen Irmingard nach Rom, wo sie dem Pontifex die Liebe zu ihrem Otto zu Füßen legte und beiläufig auf ein paar kanonische Vorschriften über die Unauflöslichkeit der Ehe verwies, war dieser von soviel menschlicher Größe derart gerührt, daß er gemeinsam mit dem Kölner Pilgrim, der wie zufällig genau zum gleichen Zeitpunkt in Rom aufkreuzte, beschloß, die Sache nicht so eng zu sehen. Zwei zu eins für Irmingard. Aber nicht mit dem streng kanonischen

Mainzer Aribo. Der rief sofort seine Hilfstruppen, d.h. sämtliche Suffraganbischöfe der riesigen Mainzer Kirchenprovinz zusammen, um dem liberalen Papst samt seinem Kölner Rivalen tüchtig einzuheizen. Hatte doch der Papst nicht nur diese Lotterehe gutgeheißen, sondern auch ihm, Aribo, Erzbischof von Mainz und Kanzler des Reiches, sogar das Pallium, die Würde als Erzbischof entzogen, während er zugleich den Kölner mit Ehren überhäufte. Und wohin berief er diese Versammlung ein: natürlich nach Höchst.

Man stelle sich vor, was am 13. Mai 1024 in dem winzigen Dorf mit seiner viel zu großen Kirche los war. Burchard von Worms, Ulrich von Chur, Werner von Straßburg, Eberhard von Bamberg, Walter von Speyer, Wicher von Verden, Meginhard von Würzburg, Heimo von Konstanz, der hl. Godehard von Hildesheim, Heribert von Eichstätt, Brantho von Halberstadt und Hizzo von Prag, alle mit stattlichem Gefolge, drängten sich um die Kirche. Mittelpunkt war natürlich der strenge Aribo. Laut wurden das Unrecht der unkanonischen Ehe und das noch größere Unrecht der Zurücksetzung des Erzbischofs Aribo beklagt. Wenn doch die Säulen der Justinuskirche nur erzählen könnten! Ein flammendes Protestschreiben an den bösen Papst wurde in der Kirche abgefaßt, und alle unterschrieben mit Name und Siegel. Rom und Höchst in einem Atemzug, und das im Mittelalter. Da wird der Hauch der Geschichte zum Orkan, und dem armen Höchster Pfarrer mag es noch Wochen danach schwindelig gewesen sein, nicht zuletzt wegen der unbezahlten Rechnungen der hochmögenden Herren, die den örtlichen Kirchenzehnten aufzehrten und auch den Bauern nur lange Gesichter beließen.

Und weiter? Nichts! Das Ganze endete wie das Hornberger Schießen. Kaiser Heinrich II. und Papst Benedikt VIII. starben noch im gleichen Jahr 1024. Damit verlief die Sache erst einmal im Sande. Und als der unnachsichtige Aribo drei Jahre später die Angelegenheit noch einmal vor einer Reichssynode im nahen Frankfurt erörtert haben wollte, gab ihm der neue Kaiser Konrad II. kräftig eins auf die Finger, denn anders als sein Vorgänger stand er mit der Familie Hammerstein auf bestem Fuß. Außer Spesen also nichts gewesen, und die Zeche zahlten (nicht zum letztenmal) die wenigen Einwohner von Höchst. Kein Wunder, daß man bis zum Ende des Jahrhunderts nichts mehr von ihnen hört.

So lebten, werkelten und feierten auch ab und zu im Schatten der noch immer viel zu großen Justinuskirche die Einwohner von Höchst und freuten sich vermutlich, daß ihnen solcher Besuch nicht alle Tage ins Haus stand. Aber wenn auch das Leben allmählich wieder in ruhigeren Bahnen verlief, so gab es

doch ein dauerndes Problem am Ort, welches nicht zuletzt Ursache für die aufmüpfige Synode von 1024 gewesen war. Dieses Problem hieß Justinuskirche. Schon als der alte Erzbischof Otgar zweihundert Jahre zuvor den Riesenbau bei einer Handvoll Bauernhöfen beginnen ließ war klar, daß die wenigen Bewohner von Höchst am Sonntag in dem weiten Kirchenraum ein ziemlich mickriges Bild abgeben würden. Die Justinuskirche, im 9. Jahrhundert immerhin so groß wie der damalige Mainzer Dom, die noch heute bestehende Johanniskirche in Mainz, war für Höchst einfach zu groß. Und ein solches Bauwerk wollte unterhalten und gepflegt werden. Von wem? Natürlich von der Ortsgemeinde, vom Pfarrer und seinem kärglichen Kirchengut, von dem auch der Mainzer Erzbischof als Eigentümer der Kirche noch seinen Anteil verlangte. Da fuhr dem armen Pfaffen jedesmal der Schreck ins Gebein, wenn sich bei Sturm und Regen auch nur ein Dachziegel lockerte. Also mußte eine kapitalkräftige Institution gefunden werden, der die Kirche mit ihrer Baulast übergeben werden konnte. Nach Lage der Dinge konnte das nur ein reiches Kloster oder eine ähnliche kirchliche Gemeinschaft sein.

Eine »Ruine« als Goldesel

Im Jahr 1090 war es dann soweit. Aus der Pfarrkirche von Höchst im Eigentum des Mainzer Erzbischofs wurde eine Kloster- und Pfarrkirche, in der die Mönche von St. Alban in Mainz, einem reichen und angesehenen Kloster, das Sagen hatten. Der Erzbischof verzichtete auf sein Eigentum an der Kirche, das ihm wohl mehr Last gewesen war als es

nuskirche des Jahres 1090 als eine romantische Ruine, durch die der Wind pfeift, das Efeu sich an geborstenen Säulenschäften hochrankt, und in der ein verhärmter hohlwangiger Priester im Schutz einer übriggebliebenen Apsis mit rissigem Gewölbe hastig eine Totenmesse herunterleiert.

Ganz so schlimm war es nun doch nicht. In mittelalterlichen Urkunden wird, ganz wie in heutigen amtlichen Verlautbarungen, bisweilen gelogen, daß sich die Kirchenbalken biegen, insbesondere dann, wenn es darum ging, einen Vorteil zu erlangen. Und um den ging es hier. Wenn die Mönche von St. Alban schon die unprofitable Höchster Pfarrei übernehmen sollten, dann wollten sie zuvor den Erzbischof als vorherigen Eigentümer noch einmal kräftig melken, will heißen, sie wollten ihm noch einige großzügige Schenkungen abschwatzen. Die Rechnung war einfach: je desolater der Zustand der Justinuskirche, desto bedeutender der Wert der Schenkungen. Also wurde das Bauwerk, dessen Dach gewiß einige Löcher aufwies und dessen zum Main hingewandte Südseite im 9. Jahrhundert etwas zu nahe an das Steilufer gerückt worden war, wodurch hier Risse im Mauerwerk auftraten, kurzerhand zur einsturzgefährdeten Ruine erklärt. Der Wortlaut der Urkunde zeigt, daß der unheilige Trick funktionierte. Mit reichen Schenkungen und Privilegien bedacht zogen die Albansmönche in Höchst ein, um dann genau dreihundertneunundzwanzig Jahre lang hier ihre Pfründe zu genießen, ohne daß in dieser Zeit auch nur von einer einzigen Baumaßnahme an der Justinuskirche berichtet wurde. Es war wohl nur wenig für die Kirche zu tun. Im Gegenteil, die Mönche nahmen gerne. Im

ihm Freude bereitete, während die Mönche das Pfarrgut nebst weiteren Ländereien in Zeilsheim und einige Gärten zwischen Höchst und Nied einsackten. Freilich, für die reichen Schenkungen mußten sie auch einiges rüberrücken, vor allem sich verpflichten, für den Pfarrgottesdienst zu sorgen. Und um die Kirche sollten sie sich kümmern, das Bauwerk erhalten. Und da sind wir beim nächsten Problem, das bis heute den Kunstwissenschaftlern und Architekturhistorikern dauernden Anlaß zum Streit und damit eine sichere Daseinsberechtigung gibt. Schaut man in die Übertragungsurkunde von 1090, traut man seinen Augen nicht. Die Justinuskirche, die noch sechsundsechzig Jahre zuvor einer glanzvollen Synode der gesamten Mainzer Kirchenprovinz Raum bot, wird hier als durch Alter und Vernachlässigung im Einsturz begriffen geschildert. Glaubt man dem Wortlaut der Urkunde und einigen heutigen Forschern, so ersteht vor uns die Justi-

Jahr 1298 erhoben sie die kostbarste Reliquie des Gotteshauses, den Leib des hl. Justinus, und brachten ihn ins Mainzer Hauptkloster. Von dort kam er im 16. Jahrhundert in die berüchtigte Reliquiensammlung des Kardinals Albrecht von Brandenburg nach Halle, bis die Schweden im Dreißigjährigen Krieg den Schatz raubten und nach Schweden sandten. Dort kam der hl. Justinus jedoch nie an. Mit dem Schiff und vielen anderen Heiligenkollegen liegt er nach schwerer Havarie seither auf dem Grund der Ostsee, wo ihm die so lange verwehrte ewige Ruhe beschieden sein möge.

Man sieht, Höchst bezieht in den ersten Jahrhunderten seiner Existenz seine Bedeutung fast ausschließlich aus der Justinuskirche. Was wäre wohl, wenn Otgar sie nicht hier oder gar nicht hätte erbauen lassen? Wir schulden der Justinuskirche schon einiges, ein Grund mehr sie zu hegen und zu pflegen, auf daß sie als Rückgrat der Höchster Geschichte auch kommenden Generationen erhalten bleiben möge.

Höchster Burgberg, Kabinett, Sonderabfüllung

Aber war denn sonst gar nichts los im mittelalterlichen Höchst? Wenig, soweit es den Urkunden zu entnehmen ist. Der toten Hand, wie die Kirche gerne genannt wird, werden aus allerlei frommen Gründen Schenkungen und Stiftungen gemacht, und wenn es in Verbindung mit Höchst oder seinen Bewohnern geschieht, taucht der Ortsname in der entsprechenden Urkunde auf. Interessant wurde es nur, wenn jemand in dem Glauben, die Kirche besitze ohnehin genug, Einkünfte der Kirche für die eigene Kasse abzweigte. Dann gab es einen auf die Nase, so im Falle des bösen Friedrich von Höchst und seiner Frau Lipmudis im Jahr 1274, als die beiden den Zehnten aus Nied dem Stift Mariengreden in Mainz vorenthielten. Aber damit ist es mit einem der Höhepunkte in der Höchster Geschichte des Mittelalters auch schon genug.

Bisweilen ahnt man eher etwas, als daß Gewißheit zu gewinnen wäre. Auf diese Weise trat das Höchster Schloß im 12. Jahrhundert ein wenig mühsam ins Licht der Geschichte. Unvermittelt taucht da zwischen 1143 und 1151 ein Burggraf Gotfried von Höchst als Zeuge in einigen Urkunden auf. Wo ein Burggraf, da auch eine Burg folgerten kühn die Archäologen und gruben getreu ihrer Profession im Jahr 1980 auf der Schloßterrasse ein tiefes Loch. Daß das Schloß einst eine Burg war, durfte schon damals als eine nicht sehr originelle Erkenntnis gelten. Unter der Burg lag ein prächtiges Fachwerkhaus unbekannter Funktion und unter diesem der Graben einer Wehranlage, die durchaus im 12. Jahrhundert, aber nicht früher, entstanden sein mochte. War das die Burg des Grafen Gotfried, von der aus er für den Mainzer Erzbischof einen nicht ganz legalen Zoll erhob, den Kaiser Friedrich I. Barbarossa 1157 kurzerhand verbot? Vielleicht, wahrscheinlich, wir wissen es nicht genau. Gut, daß es auch in Zukunft noch etwas zu forschen gibt. Damit ist gewährleistet, daß auch dieses Buch eines Tages neu geschrieben werden muß.

Und was weiter. Eine inhaltsschwere Nachricht ist noch zu vermelden, ehe wir das Hochmittelalter in Höchst beschliessen und uns dem Spätmittelalter zuwenden. Da wird 1278 in Höchst erstmals ein Weinberg erwähnt, sogar die Lagebezeichnung des Weines kann ermittelt werden: 1278er Höchster Ruschenberg, Sonderabfüllung, Riesling, Kabinett. Gewiß, schon die alten Römer haben die rauhen Germanen mit Hilfe des bacchantischen Trunkes zeitweise zur Räson gebracht, und irgendwann wird ein Siedler von Mainz aus auch in Höchst eine Rebe in den Boden gepflanzt haben. Aber Höchst als weinseliges Städtchen, umgeben von Weinbergen wie Hochheim oder Eltville. Gewiß doch. Wenn man auch heute zwischen dem sauren Wickerer und dem dünnen Frankfurter Lohrberger den Höchster Weinen aus alter Zeit nur eine ähnlich bescheidene Qualität zubilligen möchte, so sei doch klargestellt, daß der Rheingau in weinbautechnischem Sinne einst bis in die Gegend östlich von Frankfurt reichte. Und gerade das 13. Jahrhundert bot klimatisch dem Weinbau so hervorragende Bedingungen, daß damals bis auf die Hänge des Feldberges hinauf Reben wuchsen, wenngleich Auslesen dort oben nicht zu erzielen waren. Erst die klimatische Verschlechterung seit dem 17. Jahrhundert ließ den Weinbau in unserer Gegend zurückgehen, was den Freunden des Apfelweins zum Vorteil wurde. Die letzten Weinberge in Höchst, um den Wingertsweg zwischen MKW und Tor Ost der Hoechst AG gelegen, verschwanden erst mit dem Einfall der Reblaus im Jahr 1887. Sechshundert Jahre lang war also Höchst ein Ort des Weinbaus und eine der ältesten Stadtansichten aus dem Jahr 1578, wo Höchst inmitten von Weinbergen zu sehen ist, legt beredtes Zeugnis davon ab.

Es ist an der Zeit, über die Anfänge des Höchster Schloßfestes zu ein paar Worte zu verlieren. Immerhin schreiben wir nun schon das Jahr des Herrn 1300. Über die Justinuskirche als wahre Keimzelle von Höchst ist schon mehrfach geredet worden, und auch die mutmaßlichen Anfänge des Höchster Schlosses in der Mitte des 12. Jahrhunderts waren es wert, ein paar Zeilen zu Papier zu bringen. Diese frühe, nur vage erkennbare Burg wurde dann im frühen 13. Jahrhundert zu einer mächtigen Wehranlage aus Stein ausgebaut, die, Ironie der Geschichte, nach zahlreichen Umbauten und Zerstörungen, heute wieder viel mehr von dieser alten Burg erkennen läßt als von dem eigentlichen »Schloß«, dem Prachtbau der Renaissance, von dem nur wenig mehr als der komfortverheißende Name an den alten Mauern haften blieb. Und wem dies zur vertieften Anschauung noch nicht reicht, der mache sich auf in den nahen Rheingau und wandere vom Niederwalddenkmal oberhalb Rüdesheim durch die Weinberge zur alten mainzischen Zollburg Ehrenfels. Da kann man noch heute sehen, wie es im Höchst des 13. Jahrhunderts aussah. Die Burg Ehrenfels gleicht nämlich der alten Höchster Zollburg aufs Haar (beim gleichen Bauherrn kein Wunder) und die einstigen Höchster Weinberge sind hier auch noch vorhanden.

Ein Prost
der hohen Geistlichkeit

Aber vergessen wir das Höchster Schloßfest nicht! Im Jahr 1300 versammelte sich in Rom eine Gesellschaft von Erzbischöfen und Bischöfen, vermutlich unter dem Vorsitz des ehrwürdigen

Erzbischofs Basilius von Jerusalem, um sich mit dem weiteren Schicksal einer Kirche im fernen Hueste zu befassen. Hueste war natürlich Höchst am Main. Die mittelhochdeutsche Lautverschiebung hatte mittlerweile dem alten Hohstedin den Garaus gemacht. Von Hueste bis Höchst ist es dann nicht mehr weit, man sieht, wir nähern uns der heutigen Zeit. Aber was hatte diese römische Bischofskonferenz mit Höchst zu schaffen. Nun, wir haben gesehen, daß die Mönche von St. Alban die Gebeine des namensgebenden Titelheiligen der Justinuskirche zwei Jahre zuvor einfach in ihre Mutterabtei nach Mainz überführt hatten. Nun war der Platz des Heiligen in der Mittelapsis der Justinuskirche leer im doppelten Wortsinn. Denn mit dem klammheimlichen Abschied des Hauptheiligen tat sich hier auch eine geistige Lücke auf. Eine Kirche ohne Titelheiligen gab es nicht, und die in den Tituli von Hrabanus Maurus genannten weiteren Heiligen konnten auch nicht in die Bresche springen, da von ihnen nur winzige Partikel in den Altären lagen oder gar nur Eulogien, Berührungsreliquien aus Stoff, die lediglich einmal die Gebeine eines Heiligen an seiner eigentlichen Ruhestatt berührt hatten. Ein neuer Titelheiliger für die Justinuskirche mußte also her.

Die Wahl fiel auf die hl. Margarete. Wer sie vorgeschlagen und die Reste ihres Erdendaseins herbeigeschafft hat, wissen wir nicht. Entweder besorgten aufgrund ihres schlechten Gewissens die Albansmönche einige Gebeine der im 4. Jahrhundert in Antiochia gemarterten Jungfrau, oder aber die in Rom versammelten Bischöfe, von denen der Erzbischof von Jerusalem über gute Kontakte in den Orient verfügte, rückten dieselben aus ihrem reichen Fundus heraus. Jedenfalls waren sich die hohen Herren darüber einig, daß für die neue Höchster Kirchenheilige nun erst einmal kräftig die Reklametrommel gerührt werden müsse. Und die Leute kamen auch damals nur dann in Scharen, wenn etwas geboten wurde, und sei es das ewige Seelenheil. Also verkündeten die frommen Oberhirten einen vierzigtägigen Sündenablaß all denen, die an insgesamt sechzehn kirchlichen Festtagen in der nunmehrigen Margaretenkirche beteten und, nicht zu vergessen, mit Barem und Naturalien zum Erhalt der Kirche und ihrer Ausstattung beitrugen. Die Stiftergemeinschaft Justinuskirche e.V. grüßt in freundschaftlicher Verbundenheit. Alles schon mal dagewesen.

Unter den benannten Festtagen war natürlich auch der 20. Juli, der Tag der hl. Margarete. An solchen Festtagen des Kirchenpatrons war selbstverständlich auch Jahrmarkt, war Feiern angesagt. Die Höchster Kerb, Höhepunkt eines jeden Sommers, hatte ihr Datum gefunden. Natürlich hatte es dieselbe auch schon vorher gegeben, nur hieß das Datum 17. September, das Fest des alten Kirchenpatrons Justinus. Doch dürfte das neue Kerbedatum mehr Anklang gefunden haben, und wenn es nur die hochsommerliche Wärme anstelle herbstlicher Kühle war, die nach gehabtem Kerbetanz und anschließender Wirtshausschlägerei das Ausschlafen des Rausches unter dem nächsten Baum etwas erträglicher machte. So blieb es bis 1955. Als die Stadt Höchst damals vom 2.–10. Juli ihr sechshundertjähriges Bestehen als Stadt feierte, zog man die Kerb einfach vor und feierte sie gleich mit. Ein Jahr später war wieder Kerb zum gewohnten Zeitpunkt, aber angesichts der glanzvollen Feier des Vorjahres boten die auf dem Kerbeplatz Breuerwiesen aufgestellten Rummelbuden und Karussels einen armseligen Anblick. Also machte man Nägel mit Köpfen. 1957 hob der Vereinsring Höchst in einer gekonnten Mischung aus Margaretenkerb und ewiger Sechshundertjahrfeier das Höchster Schloßfest aus der Taufe. Auch wenn man vom Ferientermin des 20. Juli auf die Zeit Ende Juni/Anfang Juli auswich, so blieb man doch im festefreundlichen Hochsommer. Oder kann sich jemand das Höchster Schloßfest um den 17. September herum vorstellen? Ein Grund mehr, bei den nächsten Schloßfesten die weitblickende Bischofskonferenz im Rom des Jahres 1300 einmal kräftig hochleben zu lassen.

Der Zollturm – ein starkes Kassenhäuschen

Es war allerhand los im Höchst des 14. Jahrhunderts, nicht nur zur Kerbezeit. Und bisweilen war auch wieder einmal der ferne Wellenschlag der großen Politik zu verspüren, so zum Beispiel bei dem Höchster Jahrhundertereignis schlechthin, ohne das es später keine Sechshundertjahrfeier, ergo auch kein Höchster Schloßfest gegeben hätte. Aus dem Straßendorf zwischen Burg und Kirche wurde eine richtige Stadt. In der ersten Jahrhunderthälfte wäre das kaum möglich gewesen. Da regierte Kaiser Ludwig IV. der Bayer und der stand sich gut mit den reichen Bürgern von Frankfurt, die manche seiner Unternehmungen durch ihre Finanzierung erst möglich machten. Als Gegenleistung für diese Hilfe gab es Privilegien für die Frankfurter zuhauf. Eines davon sollte dem Landesherrn in Höchst, dem Mainzer Erzbischof, sauer aufstoßen. Kaiser Ludwig dekretierte 1336, daß fünf Meilen um Frankfurt, also zwischen Aschaffenburg und Mainz, keine Burg gebaut werden dürfe. Das war nichts anderes als die Plünderung der erzbischöflichen Kasse, hing doch das Einkommen des Mainzer Kirchenfürsten ganz wesentlich von den in der Höchster Burg geforderten (und nachdrücklich durchgesetzten) Zolleinnahmen von allen Waren auf dem Main und der Landstraße nach

Mainz ab. Keine Burg, kein Zoll, bei Befolgung des kaiserlichen Befehls hätte sich der Erzbischof bald mit dem Hut in der Hand zu den anderen Bettlern vor dem Mainzer Domportal gesellen können.

Aber mit Gewalt war gegen die kaiserliche Macht nichts zu machen. Doch der listige Kirchenmann gelangte zum Ziel, wenn auch auf verschlungenen Pfaden. Zuerst bändelte er freundschaftlich mit dem kommenden Mann im Reich, Karl von Luxemburg an, der durch seine Umtriebe die letzten Tage des Kaisers Ludwig IV. nicht gerade zum beschaulichen Rentnerdasein werden ließ. Nicht zuletzt durch die Unterstützung des Mainzer Erzbischofs bestieg der auch als Karl IV. den Thron und wurde der Nachfolger Kaiser Ludwigs IV.. Nun konnte der Mainzer die Hand für die

Belohnung aufhalten, aber mit der gebotenen Vorsicht. An dem Burgendekret von 1336 rührte er vorsichtshalber nicht, denn auch die flexiblen (und opportunistisch auf weitere Privilegien bedachten) Frankfurter hatten sich schnell mit dem neuen Kaiser gut gestellt, was dieser angesichts der gutgefüllten Frankfurter Kassen auch mit kaiserlichem Wohlwollen honorierte. Eine modernere Befestigung in Höchst mußte jedoch sein, sonst war die Zollerhebung allenfalls dazu angetan, die Frankfurter Kaufleute auf ihrem Weg zum Rhein etwas zu erheitern. Aber kräftige Wehrmauern mit Toren und Türmen kann man auch um eine Stadt ziehen und auf diese Weise sogar die Zollerhebung von der offenen Landstraße hinter die schützenden Stadtmauern verlegen. 1355 im fernen italienischen Pisa war es dann so weit. Erzbischof Gerlach von Nassau beschwatzte Kaiser Karl IV., als gerade kein Frankfurter Bankier in der Nähe war, Höchst zu einer Stadt mit Frankfurter Stadtrecht, mit Markt und einer Stadtbefestigung zu erheben. Damit kein Argwohn aufkam, ließ der Erzbischof mit unschuldigem Blick und frohem Augenzwinkern auch gleich noch das rheinhessische Gau-Algesheim mit zur Stadt erheben. Das sah dann etwas mehr nach landesherrlicher Strukturpolitik als nach martialischem Abkassieren in den neuen Höchster Befestigungen aus.

Zur Sicherheit ließ sich der Erzbischof die Stadterhebung von Höchst im folgenden Jahr zu Nürnberg vom Kaiser noch einmal schriftlich geben. Doppelt hält besser, und zweifellos hatten die Frankfurter inzwischen schon Wind von dem üblen Trick mit der Höchster Stadtbefestigung bekommen. Aber es half nichts, im ewigen Streit um die

Zollerhebung in Höchst lag der Mainzer Erzbischof nun eine Runde vorn und ließ unverzüglich mit dem Mauerbau beginnen. Schon 1360 war das neue Höchster Kassenhäuschen, der Zollturm, fertig. Es muß sich gelohnt haben. Ab 1373 ließ der Erzbischof in Höchst aus dem eingenommenen Gold Münzen schlagen, die dann für mehr als einhundert Jahre als Höchster Goldgulden auf dem Frankfurter Kapitalmarkt in Umlauf gesetzt wurden. Dann konnten die Frankfurter Kaufleute, wenn auch zähneknirschend, ihr eigenes Geld in Höchster Währung bei der nächsten Zollerhebung dort wieder abliefern. So etwas nennt man ein geschlossenes System.

Doch die Frankfurter schmiedeten finstere Revanchepläne. Zuerst versuchten sie es auf die hergebrachte Weise, mit Geld. Mehrfach pachteten sie den Höchster Zoll. Aber wenn sie damit auch die Einnahmen selbst verwerten konnten, in anderer Form ging ihr schöner Mammon nun als Pachtgeld nach Mainz, denn pachten konnten sie den Zoll zwar, abschaffen jedoch nicht. Da geschah es, daß 1389 die Frankfurter, die von Geld wesentlich mehr als von der Kriegführung verstanden, bei Kronberg von den dortigen Rittern und ihren Verbündeten jämmerlich eins auf die Rübe bekamen. Mehr als sechshundert gefangene Frankfurter waren danach für teures Geld auszulösen und dazu noch die Wahnsinnssumme von 73000 Gulden Entschädigung zu zahlen. Da hatten die Frankfurter schwer zu knapsen, und der Zoll in Höchst mußte ja weiterhin bezahlt werden. Doch die Frankfurter wußten sich zu helfen. Wenn man den kriegstüchtigen Rittern von Kronberg schon nicht ans Leder konnte, dann

spannte man sie einfach für die eigenen Zwecke ein. Der Feind von gestern, Johann II. von Kronberg, wurde Frankfurter Stadthauptmann, und schon bald erhielt er in dieser Eigenschaft seinen ersten Auftrag: Der Burg, den Stadtmauern und dem verhaßten Zoll in Höchst ein für allemal ein Ende zu bereiten.

Es kann der Frömmste nicht in Frieden leben

Was jetzt folgt, haben die Höchster den Frankfurtern bis heute nicht vergessen, ungeachtet der Tatsache, daß sie sich seit 1928 sogar Bürger dieser Stadt nennen lassen müssen. 1396 vermeldet die Limburger Chronik, daß die Kronberger Höchst erstiegen, gewonnen und zumal verbrannt hätten. Vor dem Brand plünderten sie allerdings das Städtchen und die Burg gründlich aus und ließen neben der Zollkasse unter anderem noch mehr als sechzig Pferde mitgehen. Das war kein feiner Zug von den Frankfurtern und ihren Kronberger Spießgesellen. Allerdings scheinen sich die Höchster, wie zu allen Zeiten, auch kaum gewehrt haben. Wie auch, waren doch außer Zollturm und Burg die Stadtmauern noch kaum begonnen. Ein Stadtgraben mit einem hölzernen Jägerzaun in der Art einer Schrebergarteneinfriedung war für die kampferprobten Ritter kein Hindernis. Und in der Burg hielt man wohl gerade den Mittagsschlaf.

Aber die Frankfurter hatten die Rechnung ohne den Mainzer Erzbischof Johann II. von Nassau gemacht. Der war ohnehin nicht das, was man heute unter einem frommen Erzbischof versteht und

hinter Geld und irdischen Dingen her
wie der Teufel hinter der armen Seele.
Noch aus den rauchenden Trümmern
wurden die Frankfurter Kaufleute
weiter abkassiert, vielleicht sogar mit
Brand- und Schadenszuschlag. Und
dann begann zwischen Frankfurt, dem
Mainzer Erzbischof und dem Kaiser
eine mehr als zehnjährige Posse um den
Höchster Zoll und den Wiederaufbau
der dazugehörigen Burg. Es wurde
tapfer gelogen und betrogen. Jeder versprach dem anderen feierlich, was er
gegenüber dem Dritten keinesfalls halten
konnte und wollte. So sicherte Erzbischof Johann II. mehrfach den Frankfurtern den Verzicht auf Zoll und Burg
zu, um umgehend beim König den
Weiterbau der Burg und die Weiter-
führung des Zolls zu beantragen. Die

Könige, Wenzel der Faule und Ruprecht
von der Pfalz, keinen Deut besser als
ihre zwielichtigen Partner, gestatten
dies, um unmittelbar darauf Zoll und
Weiterbau der Burg zugunsten Frankfurts zu verbieten. Daß bei diesem
Gezerre manch stattliche Summe als
Schmiergeld die Seiten wechselte,
ist klar, und wo sollte das Geld anders
herkommen als vom Zoll in Höchst.
Nach dem angeblich »endgültigen«
Einstellen der Bauarbeiten an der
Höchster Burg endete das Ganze wie
gewohnt. Es blieb alles wie vor dem
Überfall von 1396. Die Höchster Burg
und der Zoll blühten weiterhin, und die
Frankfurter sahen zu, wie sie sich ander-

weitig schadlos halten konnten. Ganz beiläufig hört man 1432, daß die Stadtbefestigung nun endgültig vollendet sei, und spätestens da wird auch die Burg ihre alte Wehrhaftigkeit und noch etwas mehr wiedergewonnen haben.

Lustig ist das Klosterleben

Aber wie gesagt, das alles kostete den Mainzer Erzbischof viel Geld, und die Höchster Zolleinnahmen waren nicht unerschöpflich. Da kam dem geldgeilen Erzbischof Johann II. eine Nachricht zu Ohren, die ihn Morgenluft wittern ließ. Die Mönche des vornehmen Klosters St. Alban in Mainz, denen ja auch das Kloster in Höchst gehörte, nahmen es mit der strengen Ordensregel des hl. Benedikt seit einiger Zeit nicht mehr so genau. Sie hatten sich ein fröhliches Lotterleben angewöhnt, in dem das benediktinische Armutsgebot keine Rolle mehr spielte. Ein beständiges Ärgernis waren ihnen nur die Vorhaltungen, welche ihnen dauernd von gewissen Priesterkollegen in der Beichte gemacht wurden. So etwas geht an die Nerven und beeinträchtigt das persönliche Streben nach Glück, das allerdings erst in der Präambel der U.S.-amerikanischen Verfassungsurkunde den Menschen garantiert werden sollte. Da gab es nur eines, raus aus der armutgebietenden Benediktinerregel. Doch hatte die Sache einen Haken. Das Verschmähen der Ordensregel bedeutete die Aufgabe des klösterlichen Lebens und mit diesem den Verlust aller Einkünfte, die dem steinreichen Kloster St. Alban und seinen Mönchen zustanden. Was also tun?

Für solche Fälle tiefster Seelennot von Klerikern hielt die heilige Mutter Kirche zu allen Zeiten feingesponnene Auffangnetze bereit. So auch in Mainz. Aus dem Benediktinerkloster St. Alban, in dem einst Beten und Arbeiten in persönlicher Armut das Leben bestimmten, wurde flugs ein Kollegiatstift, eine Gemeinschaft von Chorherren, die zwar Kleriker, und damit in Besitz ihres reichen Einkommens als geistlicher Korporation blieben, denen aber die drückende Last der persönlichen Armut in der Nachfolge Christi genommen war. Und eine Konkubine unter dem Namen einer Vorsteherin des Haushaltes fiel im Hausstand eines Kollegiatsherren auch nicht so auf wie in einer Klosterzelle. Soviel Annehmlichkeiten gab es natürlich nicht umsonst. Auch konnte nur der Papst eine solche Änderung der Rechtsverhältnisse eines Klosters genehmigen, wofür er selbstverständlich die bittende Hand weit aufhielt. Also machte sich Erzbischof Johann II. von Nassau zum Fürsprecher der Lottermönche beim Papst, vermittelte die geforderten Summen und nannte dann den ehemaligen Mönchen und nunmehrigen Stiftsherren seinen Preis. Der wurde ihm in brüderlicher Dankbarkeit wegen seines unermüdlichen Einsatzes für das gottgefällige Werk auch gewährt: die Höchster Propstei des Klosters St. Alban mit dem Pfarrgut, allen Gütern und Einkünften. So kehrte die Justinus- respektive Margarethenkirche im Jahr 1419 wieder in das uneingeschränkte Eigentum des Mainzer Erzbischofs zurück.

Er und seine Nachfolger werden dann wohl einiges von dem im Laufe der Jahrhunderte angewachsenen Besitz des Höchster Klosters verscherbelt und Renten von den Gütern eingezogen haben, was die Arbeitskraft der frondienstleistenden Bauern auf den Kirchengütern hergab. In den dreissiger Jahren des 15. Jahrhunderts verlor der Mainzer Erzbischof nämlich zunehmend die Freude an seinem Höchster Kirchenbesitz. Nicht nur, daß die Einnahmen auch nicht mehr das Geld wie zu Anfang des Jahrhunderts abwarfen. Der Unterhalt der Pfarrei kostete auch etwas. Die Stadtgemeinde wuchs nach Fertigstellung der Stadtmauern kräftig an und hatte in Bezug auf ihre geistliche Versorgung einige Wünsche. Da sollte ein Frühmesser her, damit die fleißigen Bürger trotz Gottesdienst pünktlich an der Tagesarbeit waren. Und die Kirche mußte nach mehr als dreihundert Jahren auch mal wieder renoviert werden. Das kostete Geld, welches der Erzbischof ungern aufwandte, und auch die Ablaßgelder des Jahres 1300 flossen wohl nur noch spärlich. Es galt, wieder einen Dummen zu finden, der dem frommen Erzbischof diese Last von den Schultern nahm.

Und noch ein frommer Kuhhandel

Die Dummen waren bald gefunden, aber so dumm waren sie auch nicht wie der listige Erzbischof gehofft haben mochte. Ihm war zugetragen worden, daß die Antoniterchorherren in ihrem Kloster Roßdorf bei Hanau mit recht langen Gesichtern beim Chorgebet und an der Mittagstafel saßen. Der Grund, die Grafen von Hanau, deren fromme Vorfahren diesen bedeutenden Krankenpflegeorden am Ende des 12. Jahrhunderts in Roßdorf angesiedelt hatten, waren auch nicht mehr das, was ihre Vorfahren einmal waren. Diese hatten sich damals als kleine Gegenleistung für

die Schenkung von Klostergut und Ländereien ein immerwährendes Gastrecht im Kloster ausbedungen, sollten sie einmal in der Gegend sein. Und nun, dreihundert Jahre später, war aus dem beiläufigen Gastrecht fast eine Dauereinrichtung geworden, denn die Grafen von Hanau beliebten, sich überaus häufig bei den gastgebenden Antonitern aufzuhalten. Die frommen Chorherren plagten nicht nur die Kosten dieser ungebetenen Dauergäste, die klosterfremde Betriebsamkeit brachte auch ihren streng geregelten Tagesablauf in Unordnung, und sie hielt die Insassen des Klosters von ihrer eigentlichen Bestimmung, der Pflege der von der Mutterkornvergiftung heimgesuchten Kranken ab. Kein Wunder, wenn der Präzeptor Hugo de Bellemonte, wie der Vorsteher des Klosters hieß, sich schon in den dreißiger Jahren mit dem Gedanken trug, den ganzen Laden ins nahe Frankfurt zu verlegen.

Nun hatten die Antoniter in Frankfurt schon seit geraumer Zeit einen großen Wirtschaftshof in der nach ihnen benannten Töngesgasse (etwa da, wo jetzt das Kaufhaus von Peek & Cloppenburg seine Dienste anbietet), aber der hochweise Rat der Freien Reichsstadt verzichtete nur allzugern darauf, ein weiteres Kloster in seinen Mauern zu haben. Klöster waren nämlich steuerfrei, sie hatten sich nicht an städtischen Leistungen wie Wachdienst und Mauerbau zu beteiligen, sie schöpften in Form satter Gewinne nur den Rahm ab, wenn sie sich mit den Erträgen ihrer ausgedehnten Besitzungen am florierenden Handel in Frankfurt beteiligten. Auf solche Neubürger konnte der Rat der Stadt gut verzichten, auch wenn der Präzeptor Hugo de Bellemonte durch jahrelange Anwesenheit in den schützenden Mauern Frankfurts sein Begehren deutlich machte.

Auf solchen Boden pflegen Kuhhändel zu gedeihen und der Mainzer Erzbischof mit seiner ungeliebten Pfarrei und der Antoniterpräzeptor, der so gerne hinter sicheren Mauern wohnte, ohne allzusehr von einem üblen Landesherrn gepiesackt zu werden, traten in Verhandlungen ein. Gewiß war jeder der beiden davon überzeugt, den anderen übers Ohr zu hauen, aber am Ende kam eine Vereinbarung heraus, die vielleicht nicht den beiden vertragschließenden Parteien, wohl aber – eine seltene Ausnahme – den Höchster Bürgern wenigstens für knapp einhundert Jahre zum Vorteil gereichte. Nennen wir diese

zuerst: Höchst bekam einen ständig am Ort residierenden Pfarrer samt Frühmesser, wodurch Gottesdienst und geistliche Versorgung wieder in geregelte Bahnen gerieten. Auch der Schuldienst, damals durchaus noch nicht selbstverständlich, wurde von den gelehrten Antoniterchorherren versehen. Der absolute Hit für die Stadt war aber ein Krankenhaus. Kleinstädte wie Höchst konnten sich eine solche Einrichtung aus eigenen Mitteln damals nicht leisten, und daß ausgerechnet die Antoniter, wahre Experten auf dem Gebiet der Chirurgie und der Krankenpflege, in Höchst eines ihrer berühmten Hospitäler errichten wollten, durfte als Glücksfall bezeichnet werden. Da fiel es nicht ins Gewicht, daß die Antoniter eigentlich nur dem Ergotismus, der Mutterkorn-

vergiftung aufgrund von pilzbefallenem Roggen zuleibe rücken wollten. Der Vertrag von 1441 zwischen Erzbischof und Antonitern zählt trotz mancher späterer Querelen zu den nicht häufigen Glücksfällen für die Einwohner von Höchst.

Wie aber einigten sich nun der Antoniterorden und der Erzbischof. Nun, es war die alte Masche, die schon 1090 gezogen hatte. Die Antoniter jammerten von hohen Umzugskosten, dem notwendigen Um- wenn nicht Neubau der Kirche, dem Platzbedarf von Kloster und Hospital und daß man schließlich ja nichts geschenkt bekomme, es sei denn, der Erzbischof habe das nötige Einsehen. Dieser wiederum, froh, die ausgelaugte Pfarrei mit der maroden Kirche vom Hals zu haben, übergab den Antonitern gerne den alten Klosterbesitz der Mönche von St. Alban (oder was davon übrig war), packte, um das Problem nur ja los zu werden, noch ein Hofgut in Höchst, Liegenschaften in Zeilsheim und einige Wiesen beim heutigen Höchster Stadtpark drauf und hing schleunigst sein Siegel an die Urkunde, damit nur ja keiner Einwände erheben konnte. Die wären berechtigt gewesen. In landesherrlicher Großmut übertrug er den Antonitern das Vorkaufsrecht für einige Liegenschaften in der Stadt, die ihm gar nicht gehörten und überließ es, als die gewünschten Käufe nicht so wie beabsichtigt getätigt werden konnten, den frommen Herrn, Bauplätze für ihr neues Kloster zusammenzuschrotteln. Dennoch waren erst einmal alle zufrieden. Die Stadtgemeinde wie erwähnt, die Antoniter, weil sie hinter sicheren Mauern, aber nicht zu nah beim neuen Landesherrn unterkamen, und der Erzbischof, weil

ihm die Höchster geistlichen Angelegenheiten nicht weiter belästigten. Schließlich hatte er es sogar geschafft, daß die Antoniter den noch amtierenden Pfarrer gut versorgten.

Die unheilige Allianz der Gottesmänner

Die »ehrsamen Herrn« Antoniter, wie sie im Höchster Gerichtsbuch des 15. Jahrhunderts genannt werden, gingen sogleich tatkräftig ans Werk. Die Justinuskirche, wo noch die Gerüste einer in den dreißiger Jahren begonnenen, aber sehr unlustig betriebenen Erneuerung standen, wurde ab 1442 um den heutigen Chor, die Sakristei und die Kapellenanbauten erweitert. Eigentlich hätten die Antoniter den alten Kasten aus dem 9. Jahrhundert am liebsten ganz abgerissen. Aber man mußte der Pfarrgemeinde auch während der Bauzeit des Chores noch Raum für den Gottesdienst lassen, und als der Chor fertig war, standen die Antoniter kurz vor der Pleite. Trotz hoher Einkünfte war das Bauen, zumal wenn man die feine Frankfurter Dombauhütte verpflichtete, nicht ganz billig, und da auch noch die Krankenpflege zu bewältigen und ein Hospital zu errichten war, trat man nach 1464, als der Chor vollendet war, erst einmal kürzer. Die Ausstattung der Kirche mußte ja auch erst einmal bezahlt werden, und dann verschlang der Neubau von Kloster und Hospital bis 1518 beträchtliche Mittel. Da begnügte man sich doch gerne noch eine Weile mit dem karolingischen Langhaus, zumal dieses der Gemeinde als Pfarrkirche zugewiesen worden war, während sich die Antoniterchorherren in dem schönen neuen (aber etwas wackeligen) Chor einrichteten.

Alle weiteren Bestrebungen, Kirche und Kloster weiter auszubauen, machten in ungewohnter Eintracht der Papst und Martin Luther zunichte. Der Papst, indem er die Erlöse der Sammelfahrten, die einen wichtigen Einnahmeposten in der Bilanz der Antoniter ausmachten, selbst einkassierte, um wie er sagte, den Neubau des Petersdomes in Rom damit zu finanzieren. Martin Luther gewann neben manch anderem Fürsten auch die Grafen von Hanau zu seinen neuen Anhängern, wodurch die Erträge aus den Altbesitzungen der Antoniter in dieser Grafschaft, aber auch in anderen protestantisch gewordenen Landesteilen beträchtlich zurückgingen. Heute fühlen wir uns, im krassen Gegensatz zu den Höchster Antonitern, Papst Julius II. und dem Reformator zu Dank verpflichtet. Sie verhinderten den Abriß und den Neubau der Justinuskirche, die dann vielleicht wirklich zu einer Margaretenkirche geworden wäre. So aber blieb uns der karolingische Bau fast vollständig erhalten. Spätgotische Kirchen gibt es in einer nicht zu übersehenden Vielzahl, karolingische Kirchen wie die Justinuskirche aber kann man an einer Hand abzählen. Martin Luther und dem Papst an dieser Stelle einen herzlichen Dank.

Das wars, auch das schönste Mittelalter geht nun einmal zu Ende. Doch halt, wir berichten hier von Kirchen und Erzbischöfen, Burgen und Zöllen, was machten eigentlich die Bürger, die Einwohner von Höchst. Der Chronist bekennt verschämt, daß er davon keine Ahnung hat. Gewiß, im Höchster Gerichtsbuch des 15. Jahrhunderts sind sie fast alle namentlich erwähnt, mit ihren Geldgeschäften, Grundstückskäufen, kleinen Ehrenhändeln und großen Transaktionen. Sie heißen

Etzelhenne, Contz und Joist, etwas plastischer auch Cleß Pinckelgin, Hans Stortzenkrugk und Hänschen mit der einen Hand, haben viele Sorgen, kleine Freuden und wenig Grund, ihrer Obrigkeit über den Weg zu trauen. Die Obrigkeit, das sind der Amtmann und der Zollschreiber, die Beamten des Landesherren, die in Höchst dessen Allgewalt vertraten. Der Schultheiß der Stadtgemeinde hatte ihnen gegenüber wenig zu melden. Sie waren die großen Herren, bei ihnen konzentrierte sich Macht, Reichtum und Grundbesitz. So taucht der Zollschreiber im Gerichtsbuch dieser Zeit vor allem als der große Immobilienhändler der Stadt auf. Auch mit den Antonitern, diese auf der Suche nach Bauland für die Erweiterungen ihres Klosters, ist er gut im Geschäft. Geld geht gerne zu Geld, und das war damals schon so. Es sollte auch noch eine ganze Weile so bleiben. Aber andererseits, die Höchster lebten nicht schlecht. Die Ansiedlung eines ganzen Klosterbetriebes, dazu einige Adelsgüter in der jungen Stadt, belebten die Wirtschaft und brachten dem Bauern und Handwerker Geld ins Haus. Fast hätte es nach der ersten Etablierung des Klosters sogar einen wirtschaftlichen Boom, verursacht durch fürstliche Launen, gegeben. Aber es war nur ein kurzes Strohfeuer, das dennoch am Ende des Mittelalters einer kurzen Erwähnung wert ist.

Hauptstadt Höchst am Main

1459 wurde Dieter von Isenburg zum Nachfolger des verstorbenen Erzbischofs Dietrich von Erbach bestimmt. Als sein Rivale trat jedoch schnell Adolf von Nassau auf. Die Nassauer beherrschten schon seit mehr als einhundert Jahren das Mainzer Domkapitel und hatten einige Erzbischöfe gestellt. Aus diesem Grund bildete Adolf sich ein, daß nur er der neue Oberhirte sein könne. Da Dieter der gleichen Meinung war, kam es zu einem heftigen Bürgerkrieg, in dessen Verlauf der Papst Dieter förmlich absetzte, nicht zuletzt weil der nicht ganz zart besaitete Adolf die Metropole Mainz in hartem Straßenkampf bezwungen hatte. Dennoch war Dieter nicht von allen Bundesgenossen verlassen. Auch Höchst hatte ihm die Treue gehalten, und er hatte dafür die Stadt zusätzlich befestigt. Die Batterie am Zolltor, auf der heute das idyllische Fährmannshäuschen steht, geht auf diese Maßnahme zurück. Da keiner der beiden Rivalen den anderen vollständig bezwingen konnte, einigte man sich, wie so häufig, auf einen faulen Kompromiß. Adolf von Nassau wurde Erzbischof von Mainz. Dieter von Isenburg hingegen erhielt aus dem Mainzer Territorium die Ämter Höchst, Steinheim und Dieburg als selbständiges Fürstentum, verbunden mit dem Recht zur Nachfolge, falls Adolf von Nassau vor ihm dahinscheide.

Seit jenem am 20. Oktober 1463 in Zeilsheim geschlossenen Vertrag war Höchst also Hauptstadt und Residenz eines selbständigen Fürstentums. Da war man doch wer. Dieter von Isenburg zögerte auch nicht, die besten Baumeister der Zeit für den Ausbau seiner neuen Residenz heranzuziehen. So begann der berühmte Meister Nikolaus Eseler von Alzey in Höchst seine Quader für die Umgestaltung der Burg in eine wohnliche Residenz zu behauen. Eine hübsche spätgotische Tür und der große Gewölbekeller unter der Schloßterrasse erinnern an diese Zeit. Doch

1475 war der Traum von der glanzvollen Hauptstadt und der Fürstenresidenz schon wieder ausgeträumt. Dieter von Isenburg ging gemäß dem Vertrag von Zeilsheim als Erzbischof nach Mainz und in Höchst ließen arbeitslose Maurer die Kelle fallen. Nun mußte man wieder wie eh und je mit Amtmann und Zollschreiber als den Autoritäten am Ort vorlieb nehmen. Aber keine Bange, das Leben ging auch nach dem Ende des Spätmittelalters weiter. Die »Neuzeit« sollte den Höchstern noch einige Überraschungen bringen.

Gute Zeiten, böse Zeiten
und was davon übrig bleibt

So hielten denn also die Höchster die Nasen in die Höhe und schnupperten den Duft eines neuen Zeitalters: Die Neuzeit war angebrochen. Überall in Europa ließ man mit ausgreifenden Schritten das finstere Mittelalter hinter sich. Gelehrte Leute nannte man jetzt Humanisten, welche sich auf einmal brennend dafür interessierten, wie es die alten Griechen und Römer vor rund eintausendfünfhundert Jahren gehalten hatten. Und damit das alles auch so richtig gelehrt klang, sagte man nicht einfach in der Art eines kleinen Dorfschullehrers »Schon die alten Römer ...«, sondern nannte das ganze Renaissance, und weil das ein französisches Wort ist spielte dieselbe sich vor allem in Italien ab. Man sieht, die Nachfahren der Zotteltypen aus dem südlichen Afrika waren schon damals zu allerlei gedanklichen Umwegen bereit.

Auch die Kunst geht nach Brot

Wenn man heutzutage als fleißiger Bildungstourist in einem der Rinderpferche vor den Uffizien in Florenz schafsgeduldig auf den Zeitpunkt wartet, da man mit seinen Leidensgenossen eingelassen wird, dann kommt man nach zwei bis drei Stunden wie von selbst darauf, daß diese Renaissance eine berühmte Angelegenheit gewesen sein muß. Dies fand am Beginn der besagten Neuzeit auch ein junger Mann aus Nürnberg, Albrecht Dürer mit Namen, und machte sich auf den Weg nach Italien, um sich die Sache aus der Nähe anzusehen. Begreiflicherweise mied er die

Uffizien und suchte Entspannung am Lido von Venedig. Sein Reisegeld verdiente er sich dadurch, daß er den Leuten auf der Piazza San Marco selbstgemalte Bilder andrehte, womit er jungen Kunststudenten eine bis auf den heutigen Tag blühende Möglichkeit für eine Verbindung von Urlaub und Broterwerb eröffnete.

So ganz das Wahre können diese Italienreisen Dürers jedoch auch nicht gewesen sein. Sei es, um einen Sonnenbrand zu kühlen, sei es um einen Besuch beim neuen Kaiser Karl V. in Brüssel mit einem Blick auf die niederländische Malerei, der man seit einiger Zeit auch eine recht ordentliche Qualität zuschrieb, zu verbinden, jedenfalls tauchte am 20. Juli 1520 um 12 Uhr mittags Albrecht Dürer in Höchst auf, wies den Pförtnern am Zollturm seinen privilegierten Zollbrief, was ihm Geld und Ärger ersparte, nahm, kaum daß er den Schatten des Torbogens hinter sich gelassen hatte, in der ersten Kneipe rechts am Weg, genannt »Zum Karpfen«, Platz und schlug sich den Bauch voll, was der Ranzen hielt. Damit begann auch in Höchst die Neuzeit.

Gewiß, Dürer hatte, seit er Nürnberg verließ, einige Meilen auf staubiger Landstraße hinter sich. Das macht bekanntlich Durst, und dem folgt ein mächtiger Kohldampf auf dem Fuße. In Frankfurt müssen ihm dann die Füße so jämmerlich wehgetan haben, und er war nun auch weit genug entfernt von seiner Ehefrau, einer fürchterlichen Xanthippe, deren Charme vor allem in einem solide durchwachsenen Geiz bestand, um sich den Luxus einer Schiffsreise mit dem Marktschiff nach Mainz zu leisten. Das führte ihn unweigerlich nach Höchst, wodurch dieses Städtchen wieder einmal eine der Größen dieser Zeit in seinen Mauern hatte. Aber wie fast immer hatte Höchst gar nichts von seinem berühmten Besuch. Dürers niederländische Reise gilt wegen des unterwegs vollgezeichneten Skizzenbuches als wahre Fundgrube für Stadtansichten und Alltagsszenen. Mit diesen Zeichnungen garnierte Dürer seine peinlich genauen Abrechnungen, die er nach der Rück-

kehr seiner mißtrauischen Alten vorzulegen hatte. Vielleicht wollte er sie durch die vielen Bildchen von einer allzu strengen Rechnungsprüfung ablenken. Dürer zeichnete also was der Griffel hergab, nur nicht in Höchst. An der Wirtschaft »Zum Karpfen« kann es nicht gelegen haben, wie ein späterer Gast, dem wir uns noch eingehender widmen müssen, mit ein paar schnell vollgekritzelten Blättern nachwies. Vermutlich gab es für die stattliche Summe von acht Frankfurter Pfennigen, die Dürer im »Karpfen« auf den Kopf haute, derartig große Portionen, die mit den bekannten

Höchster Weinen hinuntergeschafft wurden, daß der Meister keinen Zeichenstift mehr halten konnte, sondern sich gerade noch mit gerötetem Gesicht und schweren Beinen auf das Marktschiff nach Mainz schleppen konnte. Und es hätte uns doch brennend interessiert, was Dürer damals am Höchster Schloßplatz so alles sehen konnte.

Die Bruchbude der Antoniter

In der Tat hatte sich das kleine Städtchen am Main ganz ordentlich auf die Strümpfe gemacht. Zwar war es mit der Residenzstadt 1475 schon wieder zu Ende gegangen, aber landesherrliche Nähe brachte ja nicht nur Vorteile. Gehe nie zu deinem Ferscht, wann du nicht gerufen werscht! Immerhin hatten die Antoniter die Justinus- respektive Margarethenkirche um den gotischen Chor bereichert, wenngleich das Bauwerk sich als eine ziemliche Bruchbude erweisen sollte. 1523 mußte man freiwillig die Gewölbe aus dem völlig aus dem Lot gewichenen Bau wieder entfernen, sonst wären sie den frommen Chorherren unweigerlich auf den Kopf gefallen. Ein schlechtes Omen für die Zukunft des Klosters. Immerhin, Dürer hätte sie noch sehen und für uns zeichnen können. Aber dem waren ja offensichtlich die paar Meter vom »Karpfen« zur Kirche noch zu viel.

Um noch einmal bei den Antonitern zu verweilen. Als das »große Jahrhundert« dieses Ordens in Höchst kann man das 16. Dezennium seit Christi Geburt wahrhaftig nicht bezeichnen. Erst hatte der etwas großkotzig konzipierte Chorbau die Antoniter fast in die Pleite getrieben, und dann erwies sich das

große Werk auch noch als ein einziger Pfusch. Als »Meister ihres Faches« konnte man die Werkleute der angesehenen Frankfurter Dombauhütte wahrlich nicht bezeichnen. Auf Wasser, Sand und einen rutschigen Hang hatten sie den Chorbau gestellt, und das Ganze, da es ihnen selbst nicht ganz koscher vorkam, mit einer wackeligen Balkenkonstruktion abgestützt. Nun, sechzig Jahre später, waren die Hölzer durchgefault, und das rissige Gewölbe mußte schleunigst herunter. Der Meister Steffan von Irlebach lag längst im Grab, und Regreß war nicht zu holen. Mit langen Gesichtern sahen die vornehmen Chorherren zu, wie eine provisorische Bretterdecke nun ihren prächtigen neuen Chor zierte. Wie alle Provisorien hatten diese rohen Bretter eine lange Lebensdauer von mehr als vierhundert Jahren vor sich. Und dazu trugen die frommen Herren kräftig bei. Nicht nur hatten sie ja seinerzeit den Bau just an dieser völlig ungeeigneten Stelle haben wollen, nein, sie lebten ihren Frust über das mißglückte Werk in der folgenden Zeit auch in sehr menschlichen und weltlichen Beschäftigungen aus.

Eigentlich hatten sich die Antoniter ja ganz der Krankenpflege verschrieben. Das lief bis zu Dürers Besuch in Höchst auch zur allseitigen Zufriedenheit. Noch 1518 hatten sie ein nagelneues Hospital eingeweiht und dabei komfortable Wohnräume für Präzeptor und Chorherren nicht vergessen. So zwischen zehn und zwanzig schwerkranke Insassen konnten hier dauernde Versorgung finden. Doch dann schmiedeten Martin Luther und Papst Julius II. ihre erwähnte unheilige Allianz zum Nachteil der Höchster Antoniter und die, gewohnt an einen aufwendigen Lebensstil, rasten mit

leeren Kassen voll in die Pleite. Anfangs behalf man sich noch damit, daß man verhökerte, was nicht niet- und nagelfest war. Der Nachruf auf den 1535 verstorbenen Generalpräzeptor Johannes Maertner besteht aus dem lapidaren Satz: Er machte alles zu Geld.

Not macht erfinderisch

Als es mit der Verkauferei nicht mehr so recht weiterging – die Antoniter merkten, daß sie drauf und dran waren, den Stuhl unter ihrem eigenen Hintern, auf dem sie so bequem Platz zu nehmen pflegten, zu verscherbeln – fiel ihnen etwas ganz neues ein. Sie überprüften ihre Unternehmungen, d.h. ihren Daseinszweck, und ersannen etwas ganz Originelles: lean production oder lean

management, Schlankwerden, sollte man viele hundert Jahre später zu dieser nicht ganz taufrischen Methode der Betriebs- und Unternehmensführung sagen. Will heißen, man warf alles hinaus, was Mühe und Kosten verursachte und lebte vom angesammelten Kapital. Unternehmenszweck aber war ja die Krankenpflege. Also wartete man, bis alle Insassen des Hospitals gestorben waren, was bei der Mutterkornvergiftung nicht ewig dauerte, und vermied jede Neuaufnahme. Schon fünfzehn Jahre nach der Reformation war der Erfolg in der Bilanz ablesbar. Henricus martyr, der letzte Mohikaner unter den Kranken, wird 1534 noch als eine Art Alibi-Kranker erwähnt und wird dann anstandshalber auch bald verschieden sein. Das ist einhundert Prozent lean production. Das lean management der

47

Chorherren folgte schnell. Man drängelte, seit Luther die neue Art des Christentums predigte, nicht gerade ins Noviziat der Antoniter, deren Chorherren im Narrenschiff des Sebastian Brant als arge Spitzbuben verschrien waren. Der Höchster Konvent verkleinerte sich so sehr, daß zeitweise nur drei müde Figuren zwischen Kloster und Kirche unterwegs waren. Auch die Pest tat in schöner Regelmäßigkeit das ihre, um die Klostergemeinschaft nicht aus den Nähten platzen zu lassen.

Wie gesagt, die verbleibenden Antoniter lebten vom immer noch reichlichen Kapital, von Grundbesitz, Renten und Abgaben. Das wäre eine bequeme und erfolgversprechende Lebensweise gewesen, wenn sie nicht vor Langeweile in ihrem öden Kloster fast umgekommen wären. Da kommt man leicht auf dumme Gedanken. Der eine versuchte es mit einer Freundin, die ihm die langen Stunden zwischen Matutin und Komplet versüßte. Ach ja, das Zölibat; nicht so schlimm, urteilt das Diarium, die Hauschronik der Höchster Antoniter. »Soll er haben« steht da lapidar zum Thema Konkubine. Andere Chorherren frönten solch friedfertiger Leidenschaft nicht. So schlug der fromme Bruder Lorentz Hack seinen Präzeptor, den hochedlen Georg von Lyskirchen, krankenhausreif, und das, da doch der Hospitaldienst seit sechzig Jahren eingestellt war. Ein bißchen voreilig diese Antoniter. Immerhin entlud sich der brüderliche Zorn so, daß der Präzeptor »6 Wochen nit in die Kirchen und zu Wegen ging«. Der hochedle Generalpräzeptor vergalt die Untat mit Zuckerbrot und Peitsche. Zuerst sperrte er, auf Anraten seiner Mitbrüder, die auch um ihre heile Haut fürchteten, den

schlagfertigen Don Camillo zwecks Abkühlung und innerer Einkehr in den Turm. Während der Haftzeit wird der bettlägerige Antoniterchef erst einmal seinen verbleuten und gebeutelten Prälatenkörper wiederhergestellt haben. Kaum genesen, zitierte er den Vertreter einer mißverstandenen geistlichen Gewalt vor seinen Präzeptorenstuhl, streckte ihm in Einklang mit der Bergpredigt in christlicher Nächstenliebe die väterliche Hand entgegen und befahl dem Bruder Lorentz, als Zeichen seiner Reue und gestützt auf ähnliche Präzedenzfälle im geistlichen Schrifttum, ihm die Füße zu küssen. Nicht so mit Bruder Lorentz. Die Qualen der Hölle ob seiner sündigen Verstocktheit nicht fürchtend, vielleicht auch wegen einiger etwas streng zwischen den Sohlen des Herrn Generalpräzeptors aufsteigender Gerüche gleichsam von Sinnen, geriet das Blut des vermeintlichen Büßers erneut in hitzige Wallung: »Do wolt er wider an ihn do stelt er sich zur wehr mußt 3 Tage aufm Gemach sitzen.« Der Herr Generalpräzeptor zog offensichtlich schon wieder den Kürzeren. Der in sicherer Anonymität bleibende Verfasser des Diariums, um peinliche Aufklärung bemüht, vermerkt immerhin für die interessierte Nachwelt, daß der Antoniterobere ursprünglich mit der Schlägerei angefangen habe. Mit seinen eigenwilligen Bemühungen, Zucht und Ordnung im Kloster in fromme Bahnen zu lenken, geriet er bei Bruder Lorentz halt an den Falschen.

Und dann stand da das immer noch neue, aber nun sehr leere Krankenhaus. Der Präceptor muß, als er auf seinem langen Krankenlager vor Schmerzen kein Auge zubekam, heftig über weitere Kapitalerträge für das Kloster nach-

gedacht haben. Jedenfalls wurde die ganze Hütte zu einem wahren Goldesel umfunktioniert. In einer Art Altersheim konnte man nun, gegen Bares versteht sich, dort den damals nicht sehr langen Lebensabend, Vollpension eingeschlossen, verbringen. Eintausend Gulden kostete der Spaß, in den Jahren um 1600 herum eine stattliche Summe. Diese Form tätiger Nächstenliebe warf immerhin soviel ab, daß die Chorherren, denen der Anblick der alten Leutchen vielleicht ihr eigenes Ende etwas zu nahe vor Augen führte, nebenan einen feinen neuen Klosterbau errichten konnten. Und damit der gestrenge Herr Abt im Mutterkloster St. Antoine mit seinen krausen Reformideen den Höchster Antonitern nicht in die Suppe spucken konnte, trennten diese sich 1616 vom Gesamtorden und hatten damit vor Nachstellungen der frommen Art ihre Ruhe.

Gut lebt sich's auf der Großbaustelle

Überhaupt, es wurde viel gebaut im Höchst des 16. Jahrhunderts. Gut ging es den Leuten, denn die letzte richtig harte Heimsuchung wie der Kronberger Überfall von 1396 waren nun auch schon zwei Jahrhunderte her. Höchst bekam in den Jahren vor dem dreißigjährigen Krieg so ziemlich das Aussehen, welches die Altstadt auch heute noch bietet. Lediglich versperrten damals statt überall parkender Autos allenthalben Misthaufen den Weg, aber das ist nur ein geringer Unterschied. Vielleicht fachte der große Stadtbrand vom 10. Dezember 1586 die Bauwut erst richtig an. Die Hälfte der Stadt soll damals in Asche gesunken sein, kein Wunder bei den hölzernen Fachwerkbauten, die in jenem kalten Winter, da sogar der Main fünf

Wochen zugefroren war, wohl etwas zu kräftig aus ihren offenen Feuerstellen beheizt wurden. Das Rathaus jedenfalls ging bei diesem Brand durch den eigenen Schornstein hinaus. Die Stadt gönnte sich also ein neues feines Rathaus mit Treppengiebeln, und die schlauen Schultheißen versäumten nicht, dessen Erdgeschoß, aufgeteilt in Tante-Emma-Läden, zu vermieten. Nicht nur die Antoniter verstanden etwas vom Geld!

Dalberger, Kronberger und Greiffenklau'sches Haus entstanden, und auch mancher brave Bürger gönnte sich ein neues Dach über dem Kopf. Der Bauboom spiegelte sich in der Berufswahl. In der Bürgerliste von 1609 sind unter den neunzig Bürgern, d.h. Haushaltsvorständen oder auch Eigner oder Meister in ihrem Laden drei Schreiner und drei Maurer. Immerhin können die drei Gastwirte da gut mithalten, denn auf dem Bau hat der Durst immer ein hohes Ansehen genossen.

Wer ist sonst noch unter den genau vierhundertvierundvierzig Einwohnern von Höchst: Zimmerleute und Dachdecker, Schuster und Schneider, Bäcker und Metzger selbstredend. Aber auch Schlosser, Glaser, Weißbinder, fürs körperliche Wohlsein Bader und Barbiere, Seiler und Faßbender, vor allem aber Wagner, Schmiede und Schiffer. Bauern spielen hier keine Rolle, bei der lächerlich kleinen Gemarkung von gerade mal 324 ha. kein Wunder. Auch große Handelshäuser fehlen. Die Höchster lebten vornehmlich davon, daß sie andere, die ihre Stadt durchzogen oder auf dem Main vorbeifuhren, kräftig abzockten. Das hatten sie von den Zolleinnehmern gelernt, die ihrerseits durch ständig heruntergelassene Zollschranken auf der Mainzer Landstraße und durch eine im Main hängende Kette für unlieb-

same und teure Aufenthalte sorgten. Nicht jeder hatte ein Zollprivileg wie Albrecht Dürer und sogar der ließ beim Karpfenwirt seine acht Pfennige. Will heißen, die Höchster lebten von dem Verkehr auf der Landstraße und auf dem Main. Die Rosengasse, ein Straßenname, der darauf hinweist, daß hier die Vertreterinnen des ältesten Gewerbes der Welt Wohn- und Arbeitsstätte hatten, sah in ihrer drangvollen Enge weiteren Verkehr, der sich vornehmlich auf der Liegestatt abspielte, ohne daß diese deshalb mit Rädern versehen sein mußte. Ob Wirt, ob Wagner und Schmied in der Reparaturwerkstatt, ob Schiffer auf dem Main, jeder, auch der Bauchladenbesitzer am Frankfurter Tor, hatte sein Auskommen. Und der Rest ging auf den Bau.

Denn da war ja noch die Großbaustelle des Höchster Schlosses. Mit dem Wegzug des Kurfürsten im Wartestand nach Mainz 1475 war es hier recht still geworden, außer daß die Zollkasse kräftig klingelte. Vielleicht hatte die Brandschatzung von Höchst 1546 im Schmalkaldischen Krieg der verfeindeten Konfessionen den Anstoß gegeben, aber das ist so eine Sache. Brandschatzung kann Plündern, Brennen und Morden heißen, aber auch, wie der Name schon sagt, eine kräftige Geldzahlung, um sich von eben diesen Mißhelligkeiten loszukaufen. Wie dem auch sei, die alte Höchster Zollburg war so oder so ein alter unmoderner Kasten, in dem nur wohnte wer unbedingt mußte. Nun hatte sich aber der Mainzer Erzbischof einen Pendelverkehr zwischen seinen neuerbauten Residenzschlössern Mainz und Aschaffenburg angewöhnt, was ihn in schöner Regelmäßigkeit dazu zwang, unterwegs sein Haupt in der Höchster

Burg zur Ruhe zu betten. Als er sich bei einem dieser Aufenthalte in dem zugigen Gemäuer wieder einmal eine gewaltige Erkältung zugezogen hatte, gab er zwischen zwei Hustenanfällen den Befehl zum Neubau. Genaues weiß man über Baudaten, Meister und andere Details des Schloßbaues nicht. In den achtziger Jahren des 16. Jahrhunderts wurde der Schloßturm auf die heutige Höhe gebracht und mit der schönen Kuppel gekrönt. Um 1600 herum war man fertig. Wenzel Hollar und der allgegenwärtige Matthäus Merian haben uns Ansichten vom Renaissanceschloß überliefert. Aber dem Prachtbau war keine lange Dauer beschieden. Damals, als man 1618 in Prag die kaiserlichen Räte Martinitz und Slavata aus dem Fenster warf, war auch für Höchst eine im ganzen gesehen glückliche Zeit vorbei. Und dies obwohl die beiden beamteten Herren in Prag weich in einem Misthaufen gelandet sein sollen.

Damit es den Leuten nicht zu wohl wird

Mit der Landung im Misthaufen hatte für Höchst der dreißigjährige Krieg begonnen. Es sollte knüppelhart für die Höchster kommen. Zwar dauerte der fürchterliche Krieg in Höchst »nur«

sechsundzwanzig Jahre, aber das ohne Pause. Höchst hat ganz gut vom Verkehr auf der Landstraße und auf dem Main gelebt. Diese wichtigen Verkehrsadern zwischen Frankfurt und Mainz, zwischen dem Rheinland und Mitteldeutschland, zwischen Ost und West, wandelten sich nun von Straßen des Handels und des friedlichen Verkehrs in Heerstraßen, und auf diesen zogen Soldaten in den Krieg. Wohin? Das wußte natürlich keiner. Dieser dreißigjährige Krieg war überall und nirgendwo, ohne Fronten, mit kaum erkennbaren Parteien, ohne Moral und Mitleid, ohne Erbarmen. Die Greuel dieses Krieges sind hinreichend geschildert, im Simplicius Simplicissimus von Grimmelshausen die alltäglichen Grausamkeiten, im Theatrum Europaeum, der Bühne des Schreckens, die Abnormitäten menschlicher Deformationen. Vietnam, Angola, Somalia und Jugoslawien lassen grüßen. Wären alle anderen Zeugnisse dieser schrecklichen dreißig Jahre verloren, oder, wie dies ebenso gerne geschieht, unterdrückt und verschwiegen, so könnte das Schicksal von Höchst in dieser Zeit allein hinreichend Informationen über diesen unsinnigsten und grausamsten aller Glaubenskriege liefern.

Die ersten Jahre war es ruhig. Die Leute werkelten vor sich hin wie immer, und nur die ganz Neugierigen wußten, daß der ewige politische Rivale der Mainzer Landesherren, der kurfürstliche Kollege Friedrich V. von der Pfalz, als Winterkönig von Böhmen gewaltig eins übergebraten bekommen hatte. Das hörte man gerne, zumal wenn die Höchster direkt davon nichts mitbekamen. Im Winter 1620/21 marschierte immerhin schon ein spanisches Heer durch Höchst, machte Quartier und für

einige Zeit auch die Gegend unsicher, doch dürften Gewinn durch lukrative Geschäfte mit den Landsknechten und Verlust durch kleine Plünderungen sich die Waage gehalten haben. Noch erlebten die Höchster den Krieg als Schlachtenbummler. Die rund fünfhundert Einwohner fühlten sich hinter ihren mittlerweile in die Jahre gekommenen Mauern sehr sicher.

Eine Schlacht ist kein Schlachtfest

Diese Zuversicht bewiesen sie auch im Juni 1622, als Herzog Christian von Braunschweig, der »tolle Christian«, ein Raufbold erster Güte, mit einem vollausgerüsteten Heer unbedingt kurmainzisches Gebiet heimsuchen wollte. Kühn lehnten die Höchster die Übergabe ihrer gewaltigen Festung ab, doch als die Landsknechte Ernst machten und Vorbereitungen zum Sturmangriff trafen, hatten die Höchster mitsamt der kurmainzischen Garnison die Hosen gestrichen voll und gaben Fersengeld. Bei ihrer Flucht aus der Stadt ließen sie das Wassertor am Main sperrangelweit offen, und so kamen die braunschweigischen Truppen in den Genuß der Annehmlichkeiten von Höchst, inklusive einer ausgiebigen Plünderung. Aber nicht lange. Den ketzerischen Braunschweigern saß nämlich der rechtgläubige kaiserliche Feldherr Tilly im Nacken, und der rüstete nun zum Angriff. Es spricht für die Moral der braunschweigischen Truppen, daß sie sich in Form einer Schiffsbrücke erst einmal einen Fluchtweg über den Main bauten. Denn eine Schlacht im dreißigjährigen Krieg war ein gewaltiges Risiko, bei dem eigentlich alle nur verlieren konnten, immer aber die Zivilbevölkerung. Die Schlacht bei Höchst am 21. Juni 1622 ist in der Tat eine der wenigen Auseinandersetzungen großer Heere im dreißigjährigen Krieg. Man zerschlug sich ungern die teuer ausgebildeten Landsknechtsverbände in sinnloser Schlachterei, sondern versuchte lieber, den Gegner in endlosen Märschen auszumanövrieren, wobei man mit der gebotenen Sorgfalt in aller Ruhe das Land ausplündern konnte. Manchmal allerdings trafen die Heere in einer Weise aufeinander, daß eine Schlacht selbst bei Beachtung aller Gebote dieser merkwürdigen Kriegskunst nicht zu vermeiden war. Von solcher Art war die Schlacht bei Höchst.

Sie fand eigentlich zwischen Sossenheim, Nied und Höchst, also im Höchster Stadtpark statt. Allerdings wurden alle anderen Ortschaften kräftig in Mitleidenschaft gezogen. Die Braunschweiger, satt und besoffen von der fröhlichen Plünderung von Höchst, hatten wohl keine ernsthafte Chance, und dies nicht nur, weil ihre drei Kanonen gegen die achtzehn Geschütze Tillys hoffnungslos unterlegen waren. Zurückgedrängt auf die Mauern von Höchst kam alsbald der Befehl zum Rückzug über die Schiffsbrücke. Der Braunschweiger Herzog hätte auch befehlen können, seine Leute sollten sich gegenseitig eins mit der Hellebarde über die Birne ziehen. Das Ergebnis war eine haltlose Flucht. Die Brücke brach zusammen, und die kopflosen besoffenen Braunschweiger ersoffen jämmerlich im Main. Der überlebende Rest zerstreute sich durch den Schwanheimer Wald in Richtung Frankfurt.

Und Höchst. Das Städtchen wurde nun von den siegreichen Befreiern ein zweites Mal geplündert. Das war so der Kriegsbrauch, die Konfession spielte dabei keine Rolle. Jetzt hatten die Höchster den Krieg im Hause, und er sollte sie bis Kriegsende nicht mehr verlassen. Mehr als zehn Einnahmen und Ausplünderungen der Stadt sind bekannt, doch es können auch ein paar mehr gewesen sein. Sie wurden nur durch die gelegentliche Rückkehr der Pest unterbrochen, die jedoch auch nicht zur Regeneration der Bevölkerung beitrug. Katholiken, Protestanten, Kaiserliche, Schweden, Kroaten, Spanier und Franzosen gaben sich hier die abgebrochenen Klinken in die Hand. Und wenn hoher Besuch kam, dann war das auch kein Grund für die Höchster, mit Papierfähnchen winkend am Stadttor zu stehen.

Der ungebetene König

Solchen unwillkommenen Besuch gab es Ende 1631. Die Siege des katholischen Tilly über allerlei unter protestantischem Etikett herumziehende Landsknechtshaufen ließen nach rund zehn Kriegsjahren einen protestantischen König im hohen Norden nicht mehr ruhig auf seinem Thron sitzen. Als Gustaf war er der zweite seines Namens, als Adolf der erste und als Schirmherr der Protestanten wollte er der allererste sein. Den Herrscher einer frischgebackenen Großmacht stach darüber hinaus sichtlich der Hafer, und als ob die lange Polarnacht in seinem fernen Land nicht schon finster genug war, stürzte er sich mit allerlei Gesinnungsgenossen in das noch schwärzere Abenteuer des Kriegs. König Gustaf II. Adolf von Schweden mischte sich in den dreißig-

jährigen Krieg ein. Anfangserfolge waren ihm gewiß, er hatte Geld, disziplinierte und gut ausgerüstete Truppen (der »Schwedentrunk« allerdings sollte bald von ihnen als wenig bekömmliche Erfrischung eingeführt werden), und die protestantischen Fürsten liefen dem unerwarteten Helfer in Scharen zu. Da war es nicht allzuschwer, im Siegeszug von Norddeutschland bis an den Main zu ziehen. Sein Ziel war Mainz, wo der erste unter den papistischen Kirchenfürsten des Reiches, der Kurfürst, Reichskanzler und Erzbischof residierte. Da dieser seine Stadt nicht gutwillig dem protestantischen Ketzer überlassen wollte, kam es zur Belagerung der Stadt.

Belagerern setzt man in der Regel nicht die Denkmäler wie sie in manchen Städten zur Erinnerung an gewisse Schlachtenlenker herumstehen. Auch beim sanktionierten Massenmord gibt es eine klare Hierarchie der Täter, und da sitzen die Belagerer, auch wenn sie Königskronen tragen, nicht in der ersten Reihe. Außerdem ist das Belagern, wie man in Herrscherkreisen seit dem unrühmlichen Tod des verklärten königlichen Spitzbuben Richard Löwenherz wußte, eine gefährliche Angelegenheit. Gustaf II. Adolf muß seine Geschichtsbücher gut gelesen haben, er wußte Bescheid und mied die Mauern von Mainz. Aber in der Nähe wollte er schon sein, und schick wohnen sicher auch. Da kam ihm das neuerbaute Höchster Schloß gerade recht. Dieses hatte die Plünderung von 1622 ganz leidlich überstanden, außerdem pflegte man damals auf Reisen seine Möbel sowieso mitzubringen. Und von denen hatten die Schweden durch gehabte Plünderungen genug. Sie stellten also ihre Schrankwand ins Höchster Schloß, hingen ein paar Gobelins an die Wände, und fertig war die Residenz. Die Höchster wurden vermutlich, soweit sie nicht vorsichtshalber abgehauen waren, zum Schleppen verpflichtet. Das Höchster Schloß war jetzt für vier Monate königliche Residenz.

Die Höchster dürften daran nicht viel Freude gehabt haben. Zwar verbot Gustaf II. Adolf seinen Schweden, das Städtchen gründlich auszuräumen, weshalb er unter Historikern als halbwegs passabler Fürst gehandelt wird, aber, siehe schon das Jahr 1024, wenn die Herren ihren Untertanen hautnah auf den Leib rücken, kostet es letztere viel Geld. Fourage, Spanndienste, Abgaben, Kriegssteuern, der König und seine Truppen waren als Sieger gekommen und verhielten sich auch so. Als Verlierer sollten sie sich wenig später nur noch schlimmer benehmen. Da half es auch nichts, daß in der Justinuskirche weiter katholischer Gottesdienst gehalten werden durfte, während in der Schloßkapelle ein protestantischer Prediger genau das Gegenteil dessen behauptete, was sein Kollege in der Justinuskirche von sich gab. Die frommen Antoniter übrigens hielten sich aus diesem Glaubenskrieg heraus. Sie hatten sich für einige Jahre zu ihren Kumpels ins sichere Köln abgesetzt. Im März 1632 war es mit der königlichen Residenz vorbei. Mainz war erobert, und Gustaf II. Adolf zog es nach Süddeutschland. Dort machte noch im gleichen Jahr eine Musketenkugel in der Schlacht bei Lützen dem Leben des Glaubenskriegers ein schnelles Ende. Sic transit gloria mundi.

Alleweil des beese Frankfort

Für die Höchster war nun wieder Kriegsalltag. Mord, Vergewaltigung, Einnahme, Plünderung, Pest und Not, man hätte die Turmuhr danach stellen können (wenn nicht längst die Zifferblätter geklaut worden wären), so regelmäßig folgten einander die Schreckenstage. Ab und zu schauten neue Gesichter herein, so mischten im letzten Kriegsdrittel die Franzosen kräftig im Kampfgeschehen mit. Aber den meisten war es egal, von wem sie gepeinigt und umgebracht wurden.

Ein letzter trauriger Höhepunkt kam noch auf die Stadt zu. 1635 hatte wieder einmal ein reichlich verwilderter Fürst, Herzog Bernhard von Sachsen-Weimar, Höchst mitsamt seinem noch immer schönen Schloß eingenommen. Zu holen gab es hier schon lange nichts mehr, und selbst das willkürlich aus den Fachwerkhäusern gerissene Heizmaterial dürfte die Landsknechte in diesem kalten Januar nicht gewärmt haben. Wenn ein kleines Feuer nicht ausreicht, entfacht man ein großes. Und so geschah es. Bei ihrem Abzug zündeten die Truppen des Herzogs das schöne Schloß an und es brannte völlig aus. Die brennenden Balken der Dächer und Decken in den einzelnen Stockwerken krachten brennend in die Tiefe und durchschlugen sogar die Gewölbe der Untergeschosse. Eine Ansicht Merians nach dem Brand zeigt noch ausgebrannte Mauern mit leeren Fensterhöhlen und Ausgrabungen von 1980 bestätigten den Befund. Immerhin konservierte die glühende Fracht in den Untergeschossen die obszönen Wandmalereien der Landsknechte vor dem Brand, was manch Rückschlüsse auf das

Verhalten der besoffenen Soldateska zuläßt. Die Archäologen haben den Befund mit nachsichtigem Blick wieder zugedeckt.

Der Mainzer Kurfürst beschwerte sich erbittert beim Kaiser über diese Untat und witterte als Anstifter die ewig zollgeschädigten Frankfurter Kaufleute dahinter. Er mag damit nicht ganz falsch gelegen haben, denn noch immer (und auch weiterhin) wurde im Höchster Schloß vor allem Zoll erhoben. Aber mal ehrlich, was ist in solchen Zeiten ein brennendes Schloß, wenn in allen Ortschaften der Umgebung und auch in Höchst selbst kaum ein Stein mehr auf dem anderen stand. Wo gehobelt wird fallen Späne, und im dreißigjährigen Krieg fielen mehr als nur diese. Mehr als einhundert Jahre sollte die hochaufragende Schloßruine, »voller Mist und Ohnrat« die Höchster an die Schrecken des Krieges erinnern. Nur die Brücke und das Gebäude des heutigen Museums sollten notdürftig für die Zwecke der Zollerhebung wiederhergestellt werden.

Die Bilanz des Krieges, der in und um Höchst bis ins Spätjahr 1648 andauerte, war fürchterlich, der im 15. und 16. Jahrhundert erworbene Wohlstand dahin. Zwei Fünftel der Einwohner waren umgekommen, und nur der Zuzug aus den noch ärger betroffenen Nachbardörfern und von Entwurzelten aus allen Landen glich diesen Verlust zum Teil wieder aus. In Nied erwog man gar ernstlich, das Dorf aufzugeben und die paar Überlebenden nach Höchst zu schicken. Weite Teile der Stadt waren verwüstet, die Sitten verwildert. Sogar der hochwürdige Präzeptor der inzwischen zurückgekehrten Antoniter scheute sich nicht, rückständige Abgaben

dadurch einzutreiben, daß er den ohnehin ruinösen Häusern der armen Schuldner Baumaterial entnahm. Bei solch leuchtenden Vorbildern kann man sich vorstellen, wie es um die öffentliche Ordnung und Moral bestellt war. So kam der Aufbau nur allmählich in Gang, und auch die Sitten besserten sich nur langsam. Bis ins 18. Jahrhundert hinein hatten die Höchster alle Hände voll zu tun und waren froh, sich für eine Weile aus der Weltgeschichte verabschieden zu dürfen.

Ohne Krieg hauen wir uns halt zu Hause

Ihren kleinen örtlichen Querelen blieben sie jedoch treu. Zu diesen gehörte der alljährliche »gemeine Umgang«, die gemeinsame Begehung von Stadt- und Gemarkungsgrenzen. Diesem Umgang, angeführt von den beiden Bürgermeistern, folgten zahlreiche Bürger, von Amts wegen ebenso wie aus naheliegenderen Gründen, würde doch auf die vollzogene Amtshandlung hinterher erst einmal kräftig angestoßen werden. In der Stadt wurden dabei vor allem Mauern, Türme und Tore inspiziert, insbesondere sah man genau auf Schwarzbauten, die vielleicht den ungehinderten Zugang zu den Wehrgängen auf der Mauer versperren konnten. Selbstverständlich mußte man auch das Kloster durchleuchten, lief doch ein Fünftel der Umwehrung um das Areal der frommen Herren herum. Vor dem großen Krieg war das wohl unproblematisch, aber nachdem der Umgang im Krieg oft genug ausgefallen war, schienen die alten Bräuche in Vergessenheit geraten oder einfach verdrängt worden zu sein. Als jedenfalls 1671 die frohgemute Gesellschaft am Zollturm durch eine Pforte in den dort gelegenen Garten des Präzeptors eintreten wollten, fühlte sich dieser in seiner Ruhe – es war ein Uhr mittags und Zeit für ein Schläfchen – gestört und und knallte dem Bürgerhaufen das Pförtchen vor der Nase zu. aus. Erst nach längeren Streitereien, Protesten der Amtsgewalt und dem Nachweis, daß man schon 1620 hier durchmarschiert sei, durften die Bürger entlang der Mauer an Justinuskirche und Mainmühle vorbei zum Obertor nach Frankfurt gehen und so ihrer Pflicht genügen. Diese Inspektionen sollten ein beständiger Streitpunkt zwischen Kloster und Bürgerschaft bleiben.

Vielleicht hätte ein aus späterer Zeit überlieferter Brauch beim Flurumgang die Kontroverse verkürzen können. Da war es Sitte, daß der »älteren Schuljugend« bei den einzelnen Grenzsteinen vom Bürgermeister eine kräftige Ohrfeige verpaßt wurde, damit sie sich die

Gemarkungsgrenzen besser einprägten. Doch Schlägereien im Antoniterkloster gehörten jetzt der Vergangenheit an, und so nahm man von Tätlichkeiten gegen die Geistlichkeit Abstand und beschimpfte sich kräftig durch die verschlossene Gartentür.

Im übrigen gab es noch Streitpunkte genug zwischen Bürgern und ruhebedürftigen Chorherren. Mal fühlten diese sich gestört, weil auf dem öffentlichen Platz vor dem Kloster ein Zimmermann mit Getöse seine Fachwerke zurichtete, mal beklagten sich die Bürger über die Antoniter, weil diese die baufällige Friedhofsmauer nicht in Ordnung hielten, was es den freilaufenden Höchster Ortsschweinen gestattete, den ewigen Frieden der dort bestatteten Mitbürger zu stören. Man geriet sich über die Pflicht zur Besoldung des

Lehrers in die Haare und auch darüber, daß die Antoniter, sicher zur Freude der Schüler, stillschweigend das Schulhaus für ihren Klosterbetrieb vereinnahmt hatten. Man sieht, zwischen der langen und mühsamen Aufbauarbeit nach dem großen Krieg war für Abwechslung gesorgt. Mit dem Landesherren und seinem Amtmann legten sich die Bürger lieber nicht an, doch die Antoniter, die nach der nicht ganz unberechtigten Meinung der Bürger ziemlich nutzlos im Kloster herumsaßen und die Erträge ihrer Güter verzehrten, gaben allemal eine gute Zielscheibe ab. Dies um so mehr, als es am Ende des 17. Jahrhunderts im Kloster wieder einmal drunter und drüber ging. Mißwirtschaft, Unterschlagungen und Schlamperei führten sogar dazu, daß der Präzeptor in Mainz festgesetzt und das Kloster unter Zwangsverwaltung durch den Ortspfarrer Büchel gestellt wurde. Solche Klosterinsassen nötigten den Bürgern wenig Respekt ab. Erst im folgenden Jahrhundert ging es mit dem Kloster wieder aufwärts.

Im Jahre 1723 gelang es den Antonitern endlich, aus ihrem zweihundertjährigen selbstverschuldeten Schlammassel herauszukommen. Sie verscherbelten ihren Frankfurter Stadthof in der Töngesgasse um die Wahnsinnssumme von 17.000 Gulden an die Kapuziner. Das hatten sie rund hundert Jahre früher, 1627, schon einmal versucht, aber wegen der damaligen Kriegszeiten mußte das Geschäft wieder rückgängig gemacht werden. Immerhin vergriffen sich die ewig klammen und auf zu großem Fuß lebenden Höchster Antoniter damit quasi an ihrem Tafelsilber. Der Frankfurter Antoniterhof war seit 1236 in ihrem Besitz gewesen und warf, vor

allem zu Messezeiten, ansehnliche Erträge ab. Aber nach den jüngsten Schiebereien an der Wende zum neuen Jahrhundert war der Besitz nicht mehr zu halten. Die Schulden drückten, die Gläubiger drängten, und in Höchst bröckelte es in Kirche und Kloster an allen Ecken und Enden. Man hatte sich mit der Beseitigung der Schäden aus dem dreißigjährigen Krieg allzu viel Zeit gelassen.

Im Alter wird man gerne fromm

Allerdings, von nun an muß über die Höchster Antoniter auch wieder etwas Gutes gesagt werden. Ehre, wem Ehre gebührt. Zwar verbrachten sie mangels einer wirklichen Aufgabe ihre Tage noch immer in frommer Nutzlosigkeit, aber Kirche und Kloster, Pfarr- und Schuldienst wurden mit Hilfe des großen Geldsegens gründlich in Ordnung gebracht. Und aus den Lottermönchen wurden nun wieder anständige Christenmenschen, welche die Bibel nicht aus Jux und Dollerei sondern zu wirklichen Erbauung lasen. Als wollten sie sich vor den Augen der Historiker noch einen guten Abgang verschaffen, bevor ihr Konvent 1803 aufgelöst wurde, behielten sie diese untadelige Lebensweise durch die nächsten achtzig Jahre bei. Sichtbar sind diese Bemühungen noch heute in der Justinuskirche. 1725 wurde der neue Hochaltar angeschafft, 1736 die Orgel in Auftrag gegeben. Die Mauern der Kirche wurden ausgebessert, Dach und Dachstuhl völlig neu aufgebracht. Und auch sich selbst vergaßen die frommen Männer nicht. Ihre Wohnräume wurden behaglich und komfortabel modernisiert. Im fälschlicherweise so genannten Kapitelsaal leistete man sich sogar echten Luxus im feinsten Bandelwerkdekor. So ließ es sich leben, auch wenn man auf dem Aussterbeetat stand.

Wie das Kloster, so blühte nun auch die Stadt allmählich wieder auf, auch wenn man erst um 1700 den Einwohnerstand von einhundert Jahren zuvor wieder erreichte. Sogar der kurfürstliche Landesherr bemühte sich nun vermehrt, etwas für seine getreuen Höchster Untertanen zu tun, wenngleich er vornehmlich an die Mehrung der eigenen Schatulle gedacht haben dürfte. In Frankreich hatte der Finanzminister Ludwigs XIV., Colbert, den Merkantilismus erfunden, der auf dem schlichten Prinzip beruhte, mehr einzunehmen als auszugeben. Diese zeitlose Wahrheit hatte sich auch im kurmainzischen Ländchen herumgesprochen, und so versuchte man, da es in Höchst fast nichts zu verkaufen gab, Einnahmen anderer Art zu erzielen. Man vermietete einfach zu Dumpingpreisen den zur Frankfurter Messe ziehenden Kaufleuten im nahen Höchst Lager und Keller, was im teuren Frankfurt auf der Einnahmenseite empfindlich zu Buche schlug. Die Empörung dort steigerte sich zu gerechten Zorn und mündete schnell in einen sich gut zwanzig Jahre hinziehenden Wirtschaftskrieg zwischen Kurmainz und Frankfurt, natürlich auf dem Rücken der Höchster. Es war ja auch so lange zwischen den beiden ewig verfeindeten Nachbarn nichts mehr vorgefallen. Natürlich saßen die Frankfurter Geldsäcke am längeren Hebel. Über die Kreditschraube und gezielten Warenboykott hatten sie den geldknappen Kurstaat jederzeit in der Hand. 1746 einigte man sich, natürlich zu Frankfurter Bedingungen, und so nahm der erste Versuch der Höchster, im Zeichen der neuen Wirtschaftstheorie am allgemeinen Aufschwung teilzunehmen, ein klägliches Ende.

Scherben bringen Glück

Eines hatten die kurmainzischen Staatsökonomen wohl gelernt. Nur absahnen auf Kosten anderer entsprach nicht den wirtschaftlichen Vorstellungen der Zeit. Wer Geld verdienen wollte, mußte auch etwas produzieren. Kaum hatte sich diese Erkenntnis unter den gepuderten Perücken eingenistet, da kam den kühnen Strategen ein Zufall zu Hilfe. In Meißen, im Lande Sachsen gelegen, klaute jemand ein Pferd. Es war keineswegs ein notorischer Pferdedieb, der da seine Finger nach fremdem Gut lang werden ließ, es war ein bunter Vogel in einem goldenen Käfig, der auf dem schnellsten Wege in die Freiheit wollte. Und das verhielt sich so: Anfang des 18. Jahrhunderts trafen in Sachsen ein begabter Kenner von Mineralien und Erden und ein genialer Gauner zusammen. Letzterer hatte dem dortigen Kurfürsten dem ebenso starken wie geldknappen August, wieder einmal das uralte Märchen von der Fähigkeit, Gold machen zu können, aufgetischt. Der schickte den Scharlatan an die Arbeit, und normalerweise hätte es kommen müssen wie immer. Nach einiger ungeduldig verbrachten Zeit wäre der Kurfürst um eine hübsche Summe ärmer und der vermeintliche Goldmacher ein Kopf kürzer gewesen.

Nicht so in Meißen. Denn der selbsternannte Goldmacher und Alchimist, Johann Friedrich Böttger mit Namen, hatte nicht nur das Zeug zum Spitzbuben, sondern war auf Grund seines genialen Gespürs durchaus zu Höherem berufen. Solche Leute pflegen Glück zu haben. Das Glück bestand in seinem Partner bei der windigen Geschichte, dem Herrn Ehrenfried von Tschirnhaus. Der glaubte von der ganzen Goldmacherei sicher kein Wort, nützte aber das ganze, dem Kurfürsten abgeschwatzte Geld, um seine Experimente zu finanzieren. Damit prüfte er Mineral um Mineral, Erde um Erde auf die Tauglichkeit, etwas Vernünftiges damit anfangen zu können. Im Jahre 1710 hielten sie dann einen lichtdurchlässigen, feinen weißen Scherben in der Hand, an denen allen dreien, als sie diesen dem Kurfürsten zeigten, etwas auffiel. Für einen

solchen Scherben, bunt bemalt und in die Form einer Vase, Teetasse oder auch Figur gebracht, mußte man bei den niederländischen Kaufleuten ein mittleres Vermögen hinblättern. Denn das Zeug gab es nur am anderen Ende der Welt bei den Chinesen und hieß Porzellan. Und die Chinesen, da sie das Geheimnis der Herstellung schön für sich behielten, forderten ihrerseits horrende Preise, dazu kamen endlose Frachtkosten und der satte Profit der holländischen Pfeffersäcke obendrein. So etwas nennt man ein Monopol, und der Kapitalismus wurde auch nicht erst unter den Augen vom alten Karl Marx erfunden.

Und nun hielt das eigentümliche Trio in Sachsen genau dieses Porzellan in den Händen. Es war ganz einfach noch einmal erfunden worden. Böttger begriff am schnellsten, der Kurfürst dachte an seine Kasse, und Tschirnhaus wußte, wie

es geht. Sie lernten schnell von ihren unfreiwilligen Lehrmeistern in China und in den Niederlanden, sie bauten sich ein eigenes Monopol für das neue »weiße Gold« auf. Der Name war berechtigt, wurde doch das kostbare und seltene Porzellan in Europa im Gegenwert von Gold gehandelt. Dieses Edelmetall floß von nun als Preis für die an den Fürstenhöfen so begehrte Ware reichlich nach Sachsen, wo der Kurfürst in der hoch und sicher gelegenen Meißener Albrechtsburg die bis heute berühmte Porzellanmanufaktur eingerichtet hatte. Und damit ja niemand das Geheimnis der Porzellanherstellung verriet und so das Monopol gefährdete, sperrte August der Starke seine Porzelliner auf der Burg ein. Dort hatten sie es zwar gut, aber raus durften sie nicht, es sei denn, in die Kerker der Festung Königstein, ein goldener Käfig eben. Nur 1717 gab es ein Loch. Einer der Handwerker entwischte nach Wien und machte dort ebenfalls eine Manufaktur auf. Sonst aber blieb Meißen dicht.

Ach ja, die Sache mit dem geklauten Pferd. Einer der Porzellanmaler in Meißen, Adam Friedrich von Löwenfinck, sah eines Tages eine Pforte in der Burgmauer offen, schlich sich hinaus und kam zufällig an einem lose angebundenen Pferd vorbei. Er schwang sich in den Sattel und hielt nicht eher an, bis er das goldene Mainz erreichte, wo er sein Wissen aus Meißen zu vergolden trachtete. Der Kurfürst und seine Berater, immer auf der Suche nach lukrativen Unternehmungen für den rohstoffarmen Kurstaat, griffen zu. Da sie aber entweder das Geld nicht hatten, um die notwendigen Investitionen zu tätigen oder aber das Risiko scheuten, erteilten sie einfach ein Privileg, ein kurfürstliches

natürlich, das dem geflohenen Meißener Porzelliner und zwei Frankfurter Kaufleuten in Mainzer Dienst die Einrichtung einer Porzellanmanufaktur gestattete. Wo? Natürlich in Höchst. Wir sind wieder beim Thema. Am 1. März 1746 trat also feierlich als dritte in Europa die Höchster Porzellanmanufaktur ins Leben. Das junge Pflänzchen hatte in den ersten Jahren einige Mühen. Der gelernte Porzellanmaler Adam Friedrich von Löwenfinck hatte einiges mit einem Eunuchen gemeinsam. Er wußte zwar, wie es geht, aber er konnte es nicht. So behalf man sich, zur Freude heutiger Sammler, welche diese Rarität auf ihrer Kommode zu schätzen wissen, vier lange Jahre mit der Herstellung von Fayence; erste Qualität, aber eben kein Porzellan. Der Mainzer Kurfürst fühlte sich schon ebenso geleimt wie einst sein Kollege in Sachsen. Doch am 1. Juni 1750 war es dann soweit. Und kurz darauf trank der stolze Landesherr in Mainz seine Morgenschokolade aus eigenem Höchster Porzellan. Und das geklaute Pferd? Das hatte Adam Friedrich von Löwenfinck brav bezahlt. Nach seiner Ansicht hatte er es ohnehin nur entliehen, um sich aus dem goldenen Käfig in Meißen verdrücken zu können.

Fein, aber pleite

Ob das nun mit der Höchster Porzellanmanufaktur wirklich ein Erfolg bei der Ansiedlung exportfähiger Unternehmen im Sinne des Merkantilismus war, sei dahingestellt. Geschäftlich bewegte man sich bis zum Ende der Manufaktur 1796 eigentlich immer nur zwischen Kapitalmangel, Konkurs und Pleite. Das »weiße Gold« war zwar teuer abzusetzen und allerorten begehrt, doch die vorwiegend fürstliche und aristokratische Kundschaft zahlte nur ungern und sehr, sehr langsam. Die Teilhaber wiederum würzten die ewige Unterkapitalisierung durch kräftige Gewinnentnahmen, die man durchaus mit den unfeinen Begriffen Betrug und Unterschlagung hätte belegen können. Am Ende mußte der Kurfürst, größter (und auch nicht immer pünktlich zahlender) Kunde ohnehin, selbst einspringen und die Höchster Manufaktur quasi in Eigenregie übernehmen. Als begnadete Unternehmer waren die bezopften Beamten der kurstaatlichen Bürokratie auch nicht gerade verschrien, und so besserte sich die geschäftliche Situation nicht im mindesten. Auch einem Erzbischof bleibt, trotz aller guten Beziehungen höheren Orts, der Segen für seine weltlichen Unternehmungen schon einmal versagt.

Dieser miesen Geschäftsbilanz standen allerdings Segnungen anderer Art gegenüber. Alles in allem fanden hier rund dreihundert Arbeitskräfte im Verlauf des 18. Jahrhunderts Lohn und Brot. Einwohner von Höchst, die nicht Schiffer, Kellner oder Wagenbauer sein wollten, sondern sich zu Höherem berufen fühlten, fanden hier eine Tätigkeit auf höchstem künstlerischen Niveau. Der »Nippes«, als den manche die edlen Scherben heute ansehen, forderte alle Kreativität. Noch immer gehen in den einschlägigen Museen, in denen das seltene Höchster Porzellan gezeigt wird, den Leuten die Augen über, wenn sie nach einem Vortrag über die Herstellungsweise die Stücke in Augenschein nehmen können. Und es waren nicht die schlechtesten Künstler, die in Höchst den Modellierspatel und den Malpinsel schwangen. Angeführt vom Mainzer

Hofbildhauer Johann Peter Melchior, gab es bekannte, wie Russinger, Gerverot oder Angelé und unbekannte wie den Chinesenmeister, der nicht mit einem aus China geflohenen Porzelliner verwechselt werden sollte. Überhaupt war das ein merkwürdiges Völkchen, diese Modelleure und Maler der feinen Stücke. Unstet, als ob sie Hummeln im Hintern hätten, wanderfreudig, streitlustig, versoffen und hochbegabt zogen sie ununterbrochen von Manufaktur zu Manufaktur, deren es nach dem endgültigen Fall des Meißener Monopols genügend gab. Hatten sie auch meist keinen Pfennig in der Tasche, so brachten sie doch eine Fülle neuer Ideen mit, welche die Arbeit (und manches Frauenzimmer), auch in Höchst, befruchteten. Geniale Künstler im geschäftlichen Chaos, so kann man die Welt des feinen Porzellans in dieser Zeit charakterisieren. Und das galt selbstverständlich auch in Höchst.

Richtung auf Wahrheit

Der seit 1768 in Höchst tätige Modellmeister Johann Peter Melchior hatte im nahen Frankfurt einen Freund, der es auch noch zu etwas bringen sollte. Der bestieg in freundschaftlicher Verbundenheit bisweilen in seiner Heimatstadt das uns schon hinreichend bekannte Marktschiff – der Fahrplan hatte sich seit Albrecht Dürers Zeiten nicht geändert – und fuhr mit seinen Kumpels nach Höchst. Neben so ernsthaftigen Tätigkeiten wie die Übernahme der Patenschaft für eines von Johann Peter Melchiors Kindern, riefen ihn in der Frankfurter Nachbarschaft allerlei profane Genüsse. Die erste Kneipe rechts hinter dem Zolltor, der »Karpfen« lockte

noch immer mit »einer gut besetzten Tafel« wie er nach einigen solcher Ausflüge niederschrieb, die Kellnerinnen in und um Frankfurt galten als gut gebaut, wohlfeil und willig und manch eine wird ihm in dieser Zeit mehr als nur das geistige Vorbild für das »Gretchen«, der tragischen Figur in einem seiner späteren Schauerdramen gewesen sein. Vielleicht hat er an einem schönen Augusttag des Jahres 1771 auf dem Marktschiff sogar die 25jährige unglückliche Kindsmörderin Susanna Margaretha Brandt, Vorbild des Gretchens in seinem »Faust«, persönlich getroffen, als sie nach vollbrachter Tat überhastet nach Höchst floh. Ihre Hinrichtung auf der Frankfurter Hauptwache am 25. Januar 1772 ließ ihn jedenfalls nicht unberührt. Ja, ein Schreiber und Schriftsteller war er, der Freund Melchiors, und seine Ausflüge nach Höchst hat er unter dem bezeichnenden Titel »Dichtung und Wahrheit« ausführlich, wenn auch vielleicht mit einem größeren Anteil Dichtung und nur einer sehr groben Körnung an Wahrheit beschrieben. An den von ihm sogenannten »wohlfeilsten Wasserfahrten« war wohl nur das Wasser unter dem Kiel des Marktschiffs echt, ansonsten dürfte der Flüssigkeitshaushalt des elysischen Körpers eher durch einige Bouteillen rheinischen oder Höchster Weines im Gleichgewicht gehalten worden sein. »Mir ist so kannibalisch wohl, als wie fünfhundert Säuen« könnte das angehende Genie schon in diesen Höchster Tagen formuliert haben. Das Übungsgelände war ihm jedenfalls bereitet. Um es kurz zu machen, es waren wohl rechte Sauftouren, die der zwanzigjährige Johann Wolfgang Goethe mit seinen Kumpanen nach Höchst unternahm. Jede heutige

Vatertagsgesellschaft hätte sich von dieser Truppe eine Scheibe abschneiden können. Hier jedoch schweigt des Sängers Höflichkeit.

Doch Ehre, wem Ehre gebührt. Erinnern wir uns an den faulen Albrecht Dürer, der über seinen vollen Tellern seine Kunst des Zeichnens völlig vergaß. Nein, Goethe hat kein Poem über Höchst hinterlassen, doch sein Auge war auch nicht nur auf Essen, Trinken und die Vorzüge der holden Weiblichkeit gerichtet. Verkehrte Welt. Der Maler schlägt sich den Bauch voll, und der Dichter, der eigens um der Tafelfreuden willen gekommen ist, besorgt das Geschäft des säumigen Künstlers. Vermutlich kamen im »Karpfen« Koch und Kellner nicht mit den Bestellungen der frohen Schar um den zukünftigen Dichterfürsten nach. Ein paar Blätter Papier waren schnell zur Hand, und flugs zeichnete Goethe von seinem Fensterplatz gleich rechts von der Tür des »Karpfen« das, was wir uns von Dürer so sehr gewünscht hätten: Ansichten des Höchster Schlosses. Das geschah mit Sorgfalt und Meisterschaft, denn der Dichter Goethe mußte sich in dieser Disziplin vor keinem Künstler verstecken. Bei Genies darf es auch einmal etwas mehr sein. Immerhin wissen wir auf diese Weise nur durch Goethe, daß der heute verschwundene zweite Turm des Schlosses das Treppenhaus des Renaissancepalastes war.

Fremdes Geld in eigenen Taschen

In der Tat, die Ruinen des Prachtbaus aus dem späten 16. Jahrhundert gingen in den Jahren von Goethes Besuchen

endgültig den Bach runter. Das heißt, eigentlich den Bach rauf. Der Kurfürst hatte die Steine der für ihn wertlosen Ruine Frankfurter Kaufleuten überlassen, die sich daraus an der Niddamündung ein modernes Palais in der Größe eines richtigen Barockschlosses erbauen ließen. Doch halt, wir müssen vorne anfangen. Erinnern wir uns, mit welch ausgeklügelten Methoden die kurmainzische Landesregierung Handel und Wandel im Kurstaat zu heben bestrebt war. Der Wirtschaftskrieg mit Frankfurt ging in die Hosen, die Porzellanmanufaktur krebste so dahin. Nun aber sollten Nägel mit Köpfen gemacht werden, Klotzen statt Kleckern war angesagt. Nur ein kleiner Schönheitsfehler trübte das Bild, man benötigte anderer Leute Geld. Ein beeindruckendes Gründungsdekret für eine völlig neu zu erbauende Handelsstadt neben der Altstadt von Höchst wurde aufgesetzt und mit zahlreichen Siegeln behängt. Werber zogen über Land und versprachen das Blaue vom Himmel herunter dem, der in dieser Neustadt bauen und investieren wollte, Steuererlaß und billiges Bauland vorweg. Sogar Religionsfreiheit wurde, oh Wunder im geistlichen Kurstaat, garantiert. Damit alles seine Ordnung habe, wurde ein großer quadratischer Plan der neuen Stadt gezeichnet und das Aussehen aller Bauwerke genau festgelegt. Man wollte es mit den neuen Freiheiten nicht gleich übertreiben.

Das Projekt fand breiten Widerhall. Genauer, Scharlatane, Großsprecher und schlichte Betrüger fanden sich reichlich ein in der Hoffnung, von dem Privilegienkuchen etwas abzubekommen oder zumindest an dem bevorstehenden Boom in Höchst auf irgendeine Weise mitzuverdienen. Geld hatte keiner, darin waren sie eins mit dem Kurfürsten, aber Ideen. Die Profiterwartungen waren gigantisch, aber die Einsätze gering. Und da eine der viel zu wenig beachteten Grundregeln der Nationalökonomie die ist, daß Profit nur da zu erwirtschaften ist, wo Kapital investiert wird, sprich, daß Geld nur zu Geld kommt, platzten die meisten Vorhaben wie Seifenblasen. Da ist es schon ein Wunder, daß doch einige halbwegs seriöse Unternehmer auf den ausgedehnten Bauplätzen in Höchst einige Steine bewegen ließen. Der Herr von Schmitz mit seiner Tabakfabrik war so einer. Er kam aus der Mainzer Kameralbürokratie, also aus dem Dunstkreis der kurfürstlichen Finanzbeamten, und glaubte, ganz im Gegensatz zu bestimmten Äußerungen in der Bibel, daß die ersten beim Investieren auch die ersten beim Kassieren sein würden. Immerhin, fünfunddreißig Jahre florierte der Laden. Im Sog des Herrn von Schmitz erwarb damals auch ein Erfurter Handelsmann namens Lucius das Bürgerrecht in Höchst. Von ihm und seiner Sippschaft werden wir noch hören. Wie Herr von Schmitz versuchten weitere Kaufleute ihr Glück in Höchst. Nudelfabriken, Hutmacher, Hersteller von Galantariewaren, vor allem aber Fabriken für Schnupf- und Rauchtabak etablierten sich, denn das Zeitalter war, seit Friedrich der Große sich eine berühmte Schnupftabakdosensammlung zugelegt hatte, ganz wild auf die trockenen Blätter aus der neuen Welt.

Vergoldete Nasenpopel

In Sachen Schnupftabak konnten nur wenige im mittleren Europa den Gebrüdern Bolongaro das Wasser reichen. Aus ihrem Bolongaropalast in Stresa im Lago Maggiore waren sie aufgebrochen, um ein wahres Tabakimperium in Europa zu errichten. Aus den Nasen ihrer Kundschaft floß, gefiltert durch große Schnupftücher, für sie das reine Gold. Non olet, hatte einst der römische Kaiser Vespasian zum Gelderwerb der weniger appetitlichen Art gesagt. Klug hatten sie die Drehscheiben ihrer Aktivitäten von Italien in die großen Handelszentren Amsterdam und Frankfurt am Main verlegt. In Amsterdam ging das auch gut, in Frankfurt gab es jedoch nichts als Ärger. Wer da als Kaufmann zu vernünftigen Steuersätzen Geld verdienen wollte, mußte das Bürgerrecht haben. Das aber wurde, wie heute in der Schweiz, nur ungern vergeben, es sei denn, man schwängerte eine eingeborene Witwe mit Bürgerrecht, mit Anstand, versteht sich. Die Frankfurter Ratsherren sahen ein hohes Steueraufkommen lieber als hohe Zahlen in den Bürgerlisten. Obwohl die Bolongaros für das Bürgerrecht bereit waren, einiges auf den Ratstisch im Frankfurter Römer hinzublättern, blieben die hochmögenden Ratsherren hartleibig. Von wegen Ausländer, zahlen durften sie, aber kommunale Rechte? Nein! Da setzte man doch lieber auf den feinen Unterschied.

Gut Ding will Weile haben, dachten die Bolongaros, und stellten in schöner Regelmäßigkeit ihre Anträge. Als sei der Fotokopierer schon erfunden, kam in gleicher Regelmäßigkeit die Ablehnung. Das wußte auch der Mainzer Kurfürst und er begann, die Bolongaros mit ausgesuchter Aufmerksamkeit zu umwerben. Auch er hatte natürlich so seine Hintergedanken, vor allem aber wußte er, daß er ohne Investoren vom Kaliber der Bolongaros seine ganze schöne Neustadt in den Rauchfang schreiben konnte. Die Brüder Bolongaro, genervt durch Frankfurter Engstirnigkeit und gelockt von kurfürstlichen Versprechungen, bissen an. Diese Versprechungen waren von nicht geringem Wert. Das Filetstück unter den Bauplätzen, der sanfte Hang zwischen Mainzer Landstraße (nicht ganz zu Unrecht heute Bolongarostraße) und Nidda mit direktem Zugang zum Hafen gab es kostenlos, ebenso das Baumaterial, welches von der Schloßruine mainauf gefahren wurde. Dazu Zoll- und Steuerfreiheit, Handelsprivilegien und den Status als der beliebteste Einwohner von Höchst, zumindest von Seiten des Kurfürsten. Andere waren von dem Deal weniger überzeugt. Johann Caspar Riesbeck, aus Höchst gebürtig und durch die Gründung der Neuen Zürcher Zeitung zwar posthum zu Ansehen, aber nicht zu Geld gekommen, sah aus seiner Perspektive die Bolongaros auch nur als Absahner der kurfürstlichen Privilegien,

die es den Frankfurtern zeigen wollten, aber nicht als Vertreter ehrlichen Gewerbes. Und auch die alteingesessenen Bewohner der Höchster Altstadt mußten feststellen, daß ihnen die reiche Fülle kommunaler Lasten wie Abgaben, Spanndienste, Wachdienst und Feuerschutz den Rücken belastete, während die privilegierten Bewohner der Neustadt die kurfürstlichen Segnungen genossen.

So falsch war das nicht gesehen. Der Coup mit den Bolongaros brachte zwar Punkte in dem uralten Streit zwischen Frankfurt und Höchst, doch er weckte auch die Frankfurter Ratsherren auf. Nun umschmeichelten sie die Bolongaros, um sie zur Rückkehr zu bewegen. Bürgerrecht? Keine Frage, aber selbstverständlich, darf es noch etwas mehr sein? Und da die Bolongaros den Luxus in der Handelsmetropole Frankfurt mehr liebten als das langweilige Leben im verschlafenen Höchst ging der Umzug in die andere Richtung schnell vonstatten. Den Palast in Höchst mit seinen Privilegien nutzte man als Lager, als Sommerwohnung und soweit noch übrig, durch die erteilten Pivilegien. Denn dieser ging man durch einen klugen Schachzug nicht gleich verlustig. Dem Kurfürsten als Landesherren hatte man einen der beiden zur Nidda hin gelegenen Pavillons als Datscha bei seinen Aufenthalten in Höchst spendiert. Er hatte ja auch seit der Zerstörung des Schlosses 1635 recht provisorisch im Neuen Schloß, einem hastig angekauften Adelshof residieren müssen, der schon lange nicht mehr zu den feinen Adressen zählte. Also duldete er den Wegzug der Bolongaros, wenn ihm nur sein schöner Wohnsitz in Höchst erhalten blieb. Das Projekt der Höchster Neustadt wurde eh nur noch sehr halbherzig betrieben. Außer Spesen fast nichts gewesen. Die auswärtigen Investoren blieben aus, und die Höchster Alteingesessenen hatten mit einem Mal ganz andere Sorgen.

Eine warme Altstadtsanierung

Am 24. September 1778 tönte nachts um zwei Uhr plötzlich die Feuerglocke vom Schloßturm über die Stadt. Knapp zweihundert Jahre nach dem letzten großen Stadtbrand stand wieder einmal die Nordhälfte der Altstadt in hellen Flammen. Zwischen den heutigen Straßen Bolongarostraße, Brand, Kronengasse und Albanusstraße wurde ein ganzes Stadtviertel bis zur Unkenntlichkeit zerstört, zwanzig Wohnhäuser, zwölf Scheunen und fast ebenso viele Schuppen und Stallungen brannten bis auf die Grundmauern, so die einfachen Gebäude über solche verfügten, nieder. Fünfundfünfzig geschädigte Familien beklagten einen Schaden von fast 27.000 Gulden, in einer Zeit da ein Schwein fünf und eine gute Kuh zwanzig Gulden kosteten, eine enorme Summe. Gewiß keine vergnügliche Geschichte.

Die heutigen Straßennamen »Brand« und »Nach dem Brand« verraten noch, wo das Feuer am ärgsten wütete. Die für die Höchster Altstadt recht breiten Gassen weisen auch darauf hin, daß sie nach dem Erlöschen der Glut völlig neu quer durch die verwinkelten Brandruinen angelegt wurden. Vorher gab es hier ein recht buntes und sehr verwinkeltes Stadtviertel, dessen Mittelpunkte zwei kleine Plätze, der Narnberger Hof und der Säudanz, waren. Weiß der Himmel, wie der Narnberger Hof zu seinem etwas verballhornten Namen

kam. Vielleicht war einmal ein braver Nürnberger dem glutvollen Liebeswerben einer jungen alten Höchsterin verfallen und hatte sich hier mit Haus und Hof angesiedelt. Es ist einstweilen nicht herauszufinden. Da ist der Name des Säudanz doch ergiebiger und erlaubt zugleich einen intimen Einblick ins alte Höchster Milieu. Man stelle sich einen jener bezaubernden Spätnovembertage vor, wie sie diese Jahreszeit allein in Höchst hervorzubringen vermag.

Der Himmel ist grau verhangen, es will selbst mittags nicht recht hell werden, und natürlich regnet es. Wir stehen auf einem malerischen, von putzigen Fachwerkhäusern in den mannigfaltigsten Formen umgebenen Plätzchen bis weit über die Knöchel in Schlamm und Scheiße, welche Mischung von den sich hier suhlenden Schweinen in immer neuen Variationen aufbereitet wird. Aus dem Schlamm lugen einige Steine, denen man jedoch den Charakter eines Straßenpflaster nicht zuerkennen will. Es sind eher Grenzsteine zwischen den zahlreichen Misthaufen vor den Türen der Häuser, denen regelmäßiger Nachschub in Form von Stalldung, entleerten Nachttöpfen, Gemüseresten und allem weiteren Abfall gewiß ist. Kindergeschrei bildet die oberen Tonlagen zu dem zufriedenen Grunzen der Schweine, und in dieses Konzert mischen sich, vom sonoren Baß bis zum schrillen Diskant, Zank und Flüche, Klagen und Lachen, die von allen Seiten aus den bisweilen nur mit angenagelten Schweinedärmen verschlossenen Fenstern tönen. Quer durch den Dreck zieht der Tagelöhner Peter Keller einen wackligen Karren mit Lumpen und gerät sich bei dieser Unternehmung mit dem Fischer Andreas Schindling in die Haare, dem er ein frisch geflicktes Netz gleich wieder von der Hauswand gerissen und kaputt gemacht hat. Er war dem Bauern Jakob Moritz ausgewichen, dem es zwar egal war, ob seine Kuh dem Zimmermann Simon Schweitzer einen Kuhfladen auf die Türschwelle legte, nicht jedoch, daß sie wegen dieses wichtigen Geschäfts nicht in den Stall wollte. Einig waren sich alle im Verein mit den Schweinen und den spielenden Kindern darin, den Beobachter der Szene tüchtig mit Schlammspritzern und anderen Fäkalien einzudecken. Oh schöne, liebens- und schützenswerte Höchster Altstadt. Da die Betroffenen von damals das Zeitliche längst gesegnet haben, seien wir der Feuersbrunst von 1778 ein wenig dank-

bar, allen voran die honorige Bürgervereinigung Höchster Altstadt. Was wäre, wenn sie ein solches Biotop mit saftigem Leben aus dem alten Höchst heute schützen und erhalten müßte?

Nein, es war auch ohne Feuersbrünste nicht immer vergnüglich, im alten Höchst zu wohnen. Aber heraus wollte man aus dieser muffigen Enge auch nicht. Der schlaue Kurfürst von Mainz, dessen Neustadtprojekt just zur Zeit des großen Brandes langsam aber sicher den Bach hinunterging, bot nämlich allen Brandgeschädigten scheinheilig die Übersiedlung in die privilegierte Neustadt inklusive kostenlosem Bauplatz an.

Doch die Altstädter rochen den Braten und lehnten dankbar ab. Zwar hatte es seine Reize, in großzügigen luftigen Neubauten zu wohnen, krumme Bretterbuden und schmalbrüstige Fachwerkhäuser waren jedoch in der Neustadt nicht erlaubt. Da gab es einen wunderschönen Bebauungsplan, und dessen Einhaltung war teuer, viel zu teuer jedenfalls für die kleinen Fischer, Handwerker und Tagelöhner aus dem Viertel um den Säudanz. Diese bauten sich ihre neuen Behausungenen lieber an Ort und Stelle wieder auf, waren jedoch wenigstens so schlau, Wohnhäuser, Scheunen und Ställe etwas strikter zu trennen und breite Gassen an die Stelle der verwinkelten Plätzchen zu legen. So blieb es bis heute.

Pack heecht sich, Pack vertreecht sich

Ach ja, das Höchster Milieu. Wir haben ja schon gesehen, daß die Höchster vom großen Atem der Weltgeschichte, sei er nun in friedlicher oder auch kriegerischer Absicht dahergeweht, fast immer nur säuerlich angerülpst wurden. Aber wenn es denn schon geschah, daß die Weltgeschichte einen Bogen um Höchst machte, dann pflegten sie um so inbrünstiger ihre eigenen Streitereien oder, wenn auch hier nichts los war, dann eben die mit den Nachbarn. Und das waren nicht nur die Antoniter. Jahrhundertelang waren ein beliebter Streitpunkt die Fischereirechte auf dem Main, welche die Höchster bis Kostheim hinab beanspruchten. Klar daß ein solches Recht immer wieder verletzt wurde. Zu den Dauerbrennern zählte in dieser Zeit auch der Streit um das »Brückelgen«. Es führte über den Liederbach an der

Gemarkungsgrenze zwischen Höchst und Unterliederbach und war ein wichtiger Verbindungsweg, auch wenn man sich im katholischen Höchst und im protestantischen Unterliederbach einander nicht immer grün war. Und der Liederbach machte den streitenden Parteien die Lösung ihrer Probleme auch nicht leichter. Von wegen Gemarkungsgrenze, der Bach floß in mehreren Armen gerade mal, wo er wollte und überschwemmte gerne ausgedehnte Landflächen. Die Namen »ausgerissene Bach«, »Seebach« und »Seeacker« sprechen da für sich. Wer war nun zuständig für das »Brückelgen«, Unterliederbach oder Höchst oder auch die Anlieger, unter denen mit »der gnädigsten Herrschaft (des Landesherren)«, dem Antoniterkloster, den Herren von Dalberg und von Greiffenclau, den verschiedenen Mühlenbesitzern und anderen Bürgern nicht gerade die Ärmsten der Armen waren. Mehr als zwanzig Jahre stritt man sich und beließ derweil die marode Brücke in einem kaum begehbaren Zustand. Am Ende waren die Baukosten, ganz wie heutzutage, auf das Doppelte gestiegen, zu welchen dann auf landesfürstliche Order alle herangezogen wurden, die in der Nähe auch nur einen Krümel Acker- oder Wiesenlandes besaßen.

Ja und sonst? In der Porzellanmanufaktur gerieten 1759 der Buchhalter und die Maler aneinander, worauf es selbstverständlich Dresche setzte. Gerade die Porzelliner erwiesen sich, wie schon gesagt, als ein unstetes Völkchen. Faust und Degen wurden bei ihnen besonders schnell gebraucht, wenn sie nicht gerade wieder einmal eine ehrbare Witwe oder eine der zahlreichen Dienstmägde geschwängert hatten. Die Erlasse der

gestrengen Obrigkeit sind prall gefüllt mit Hinweisen auf derartige »Alltäglichkeiten«. Überhaupt achtete die kurmainzische Bürokratie streng auf die öffentliche und die private Moral. Schwere Strafen wurden für alle möglichen Vergehen angedroht, und es hagelte Verbote. Aber in Höchst wurde wohl nur lauwarm gegessen, was in Mainz heiß gekocht wurde. Unter dem Krummstab war gerade damals gut leben. Und auf dieses gute Leben verzichtete man, wann immer sich eine Gelegenheit ergab, keineswegs. Wieder sprechen die Verbote eine beredte Sprache. Das Musizieren an Sonn- und Feiertagen wurde 1746 untersagt. Es wird sich wohl um einen ausgedehnten Frühschoppen gehandelt haben. Mit einem Umtrunk war auch schon der erwähnte Flurumgang verbunden, der deshalb 1760, natürlich ohne nachhaltigen Erfolg, drastisch eingeschränkt wurde. Ebenso erging es den ausgelassenen mehrtägigen Hochzeitsfeiern, und 1768 ereilte es auch die ach so harmlose Wallfahrt nach Walldürn zum Heiligen Blut. Diese fromme Pilgerfahrt führte in feuchtfröhlicher Ausgelassenheit mit dem Marktschiff auf einer Sonderfahrt bis Miltenberg. Von da an ging es unter Absingen nicht ganz jugendfreier Lieder mit (gekochten) Erbsen in den Schuhen zu Fuß weiter, jedoch dürfte die trunkene Schar eher einem bacchantischen Zug als einer Prozession frommer Waller geglichen haben. Die Geistlichkeit wurde dringend aufgefordert, hier auf mehr Zucht und Ordnung zu sehen. Natürlich gingen die Sauftouren weiter. Was einem Goethe auf dem Marktschiff recht ist, leisten sich die Höchster allemal.

Das Leben war hart damals, deshalb war

es notwendig, die Ventile weit zu öffnen, um Druck, entstanden aus sozialer, wirtschaftlicher, seelischer und kriegsbedingter Not abzulassen. Und die geistliche Obrigkeit in den rheinischen Kurstaaten war klug genug, ihren Untertanen diese Ventile nicht zu sperren. Der rheinische Frohsinn hat da seine eminent politische Funktion. Der Erfolg gab den Prälaten recht. Die französische Revolution, die Ihnen allen die goldenen Stühle unter ihren purpurnen Hinterteilen wegziehen sollte, wurde weit weg in Frankreich gemacht. Die Wellenschläge dieser neuer weltgeschichtlichen Ereignisse sollten allerdings bald den Mainzer Kurstaat erreichen und ihm ein jähes und unrühmliches Ende bereiten. Und die Höchster waren, wie immer, mittenmang.

Was eine große Revolution so kostet

Die sogenannte »Aufklärung« des 18. Jahrhundert hatte in geduldiger literarischer Arbeit jahrzehntelang den Menschen klarzumachen versucht, daß der einzelne Untertan gegenüber den Fürsten nicht nur der letzte Arsch war, sondern auch etwas zu bestellen hatte. Menschenrechte nannte man diese den meisten Aristokraten völlig unverständlichen Forderungen, und die Amerikaner, notorisch fortschrittsgläubig wie immer, hatten sie sogar in ihre Verfassung von 1776 hineingeschrieben. Als es nun im fernen Frankreich dem dicken König Ludwig XVI. ans Leder ging, fanden sich in Mainz einige honorige Männer mit notorischen Krätschern zusammen und forderten auch einiges von ihrem Kurfürsten. Weil sie sich in einem Club trafen, nannte man diese hochverräteri-

schen Aufrührer einfach Clubisten. Als zu diesem inneren Brodeln in Mainz 1792 auch noch die französischen Revolutionstruppen unter dem General Custine vor den Mainzer Festungsmauern auftauchten, packte den Mainzer Kurfürsten und Reichskanzler das Grausen, und er selbst packte so schnell wie möglich seine Koffer und verdrückte sich über Aschaffenburg und Würzburg Richtung Wien, wo er seinem Kaiser sein Unglück vorjammerte.

Am 21. Oktober 1792 eroberten die Franzosen Mainz und wandten sich anschließend gegen das reiche Frankfurt. Diese stolzen Revolutionstruppen waren nämlich ein zwar überaus kampfeslustiger, aber zugleich bettelarmer und abgerissener Haufen. Geld erpressen und Plündern war für sie deshalb oberstes Gebot. So begann am 21. Oktober 1792, als General Custine sich im Antoniterkloster, seinem Hauptquartier, zur Ruhe bettete, für Höchst eine mehr als zwanzigjährige, nur zeitweise unterbrochene Kriegszeit, die erst endete, nach dem sich am Morgen des 2. November 1813 ein weiterer Franzose von seinem Bett im nunmehrigen französischen Hauptquartier im Bolongaropalast nach seiner letzten Nacht auf deutschem Boden erhob, um via Waterloo einen abschließenden Pensionsurlaub auf der fernen Insel St. Helena anzutreten. Zwischenzeitlich tummelten sich wechselseitig französische, österreichische, preußische und russische Truppen mit ihren jeweiligen Verbündeten in und um Höchst, und 1795 und 1799 kam es sogar zu größeren Auseinandersetzungen, bei denen durch Beschießungen die Stadt Höchst und mehr noch Nied in Mitleidenschaft gezogen wurden. Einquartierungen und drückende Abgaben an die Truppen waren ein Dauerzustand.

Kein Wunder wenn die Stadtkasse aus solchen Belastungen 1801 die ungeheure Summe von 71.083 Gulden und 42 Kreuzern ungedeckte Schulden hatte.

Es blieb dem gnädigen Landesherrn erspart, sich mit derlei Problemen auseinandersetzen zu müssen. 1801 fiel im Frieden von Luneville alles linksrheinische Gebiet an Frankreich, damit war der Kurfürst seine Hauptstadt los. Schlimmer noch für ihn: 1803 enteigneten unter dem Wortmonstrum des »Reichsdeputationshauptschlusses« die weltlichen Fürsten im restlichen »Heiligen Römischen Reich deutscher Nation« ihre geistlichen Kollegen, um sich mit deren Territorien für den Verlust ihrer linksrheinischen Besitzung schadlos zu halten. Obwohl der Beschluß erst am 24. März 1803 verkündet wurde, konnte der neue Landesherr in Höchst, der sich die kurmainzischen Besitzungen am Untermain unter den Nagel reißen wollte, nicht abwarten. Am 11. Oktober 1802 nahm Fürst Karl Wilhelm von Nassau-Usingen die Stadt Höchst in Besitz. Sein Regierungsrat Huth erschien mit dem Sekretär Lautz und der furchtgebietenden Streitmacht von einhundert Mann und sackte das Städtchen einfach ein. Am 2. Dezember 1802 war schon die Huldigung für den neuen Landesherren angesetzt. Ganz Höchst war auf den Beinen. Feierlich entließ der alte Amtmann Wallau alle Beamten aus dem kurfürstlichen Dienst. Doch keiner mußte sich sorgen. Sofort wurden alle vom neuen Sachwalter, besagtem Regierungsrat, wieder eingestellt, und sie kehrten in ihre behaglichen Amtsstuben zurück als wäre nichts gewesen. Nur ein anderes Fürstengesicht guckte aus dem Bilderrahmen an der Wand. So begann in Höchst die neue, die nassauische Zeit. Der alte Mainzer Kurstaat hatte sich nach mehr als tausend Jahren in Luft aufgelöst.

Warum sich ein Pfarrer am Ende gar um die Moral sorgen mußte

Nach der Neuzeit kommen wir nun wieder in eine alte Zeit, in die »gute alte Zeit«, als die das 19. Jahrhundert zwischen Biedermeier und Wilhelm Zwo so gerne bezeichnet wird. Man hatte es nun mit den Nassauern zu tun, die ja bekanntlich in dem Rufe stehen, als eine Art Kuckuck gerne an fremden Tischen zu speisen und das Nehmen für seliger zu halten als das Geben. Diesem Namen machten sie gleich zu Anfang alle Ehre. Der Gerechtigkeit halber muß man jedoch zugeben, daß die neuen Herren mit irdischen Gütern nicht gerade gesegnet waren. Die bettelarmen Gegenden des hinteren Taunus und die kargen Hochflächen des Westerwaldes waren ihre Stammlande. Auch als die frischgebackenen Fürsten nach dem Deal von 1803 drei Jahre später ihre Ländchen zu dem etwas feineren (und größeren) Herzogtum Nassau zusammenlegten, waren sie unter den neuen deutschen Staaten von Napoleons Gnaden noch immer die absoluten Hinterbänkler. Da kamen den neuen Landesherrn bei jedem Kreuzer in der Kasse die Freudentränen.

Januar 1803: Weltrekord in Höchst

Von den durch die Revolutionstruppen und die großkotzigen Unternehmungen Napoleons ausgepowerten Untertanen in Höchst war einstweilen nichts zu holen. Die hatten außer Schulden und Schäden nichts auf der Naht. An zwei Stellen in Höchst konnte man jedoch Kasse machen. In dem nun schon sehr altersschwachen Schloß wurde noch immer, wie im tiefsten Mittelalter, Zoll erhoben, und wenn auch die Erträge rückläufig waren: der Herzog konnte auf keinen Gulden verzichten. So sollte es bleiben, bis die Preußen 1866 dieser amtlichen Form des Straßenraubes ein Ende bereiteten. Eine zweite Quelle finanzieller Freuden der herzoglichen Finanzbeamten war das Antoniterkloster. Nicht, daß hier wieder eine stattliche Schar von Chorherren in vollendetem Chorgesang das Lob Gottes erklingen ließ. Mit Präzeptor Georg Franz Schlender schlichen gerade noch drei müde Figuren durch das ausgedehnte Klosterareal. Von diesen drei Gestalten wurde einer als alt, der zweite als krank und der dritte als trübsinnig bezeichnet. Mit geistlichen Herren dieser Art war kein Staat mehr zu machen, nicht einmal die Sonntagsmesse für die Gemeinde brachten sie mehr auf die Beine. Die Leviten las den Bürgern von Höchst seit 1801 der Kaplan Friedrich Kertz, der dann auch prompt vom Landesherrn zum ersten Pfarrer von Höchst nach Aufhebung des Klosters bestellt wurde. Jawohl, das Kloster wurde am 18. Januar 1803 aufgehoben, obwohl sich der eifrige Herzog die Mühe hätte sparen können, das Problem hätte sich binnen kurzem von selbst erledigt.

Zwar stehen sie völlig zu Unrecht nicht im Guinness-Buch der Rekorde, aber einen Weltrekord stellten die alten und klapprigen Chorherren fünf vor zwölf noch auf. Das Antoniterkloster in Höchst war das letzte in der ganzen

Welt, das den (heiligen) Geist aufgab. Damit hatte man den Kölner Antonitern, deren Haus einst von Roßdorf/Höchst aus gegründet worden war, noch auf den letzten Drücker gezeigt, wer den längeren Atem hat. Deren Haus war nämlich als vorletztes nur wenige Wochen zuvor säkularisiert worden. Die französischen Antoniter gar, mit dem Hauptsitz des Ordens in St. Antoine südlich von Lyon, waren schon 1778 vom König zwangsweise dem Malteserorden inkorporiert worden. Siebenhundert Jahre Ordensgeschichte in zeitweise 1500 Niederlassungen, in den ersten vier Jahrhunderten von größtem Segen für so viele Kranke, waren vorbei. 1830 starb dann, ebenfalls in Höchst, der letzte Mensch, der das dunkelblaue Kleid der Antoniter getragen hatte. Sein Name: Christian Müller R.I.P.. Das Vermögen des Hauses fiel an den nassauischen Domänenfiskus.

Es hat sich gelohnt. Das Vermögen des Hauses war immer noch gewaltig. Grundbesitz, Renten, Barvermögen brachten eine schöne Summe in die Landeskasse. 1809 wurden auch die Klostergebäude an Private verscherbelt. Die neuen Eigentümer und ihre Erben kümmerten sich wenig um die Pflege des Bestandes. Soweit die Gebäude heute noch stehen, sehen sie aus wie im Jahre 1803, Reparaturen gab es kaum. Die Enteignung des Klosters hatte jedoch einen gewaltigen Haken, an dem allerdings die Nassauer sich die Jacke nicht mehr aufreißen mußten. Mit Hilfe des Aufhebungsdekretes sollte knapp einhundert Jahre später ein Höchster Pfarrer dem preußischen Fiskus als Erben der Nassauer ein Feuer unter dem Amtshintern entfachen, daß einem Teufel in der Hölle noch glühendheiß geworden wäre.

Die Nassauer hatten also Höchst eingesackt. Höchst war vorher staatsrechtlich im etwas wackligen Rahmen des Heiligen Römischen Reiches Deutscher Nation kurmainzisches Territorium gewesen, so eine Art Bundesland, nur gaaaanz anders. Als solches fiel es nun an das Herzogtum Nassau, das sich wenige Jahre später, sehr souverän zwar, wieder als eine Art Bundesland, nur wieder gaaaanz anders, im neugegründeten Deutschen Bund wiederfinden sollte. Der Deutsche Bund war der genauso brüchige Rechtsnachfolger des alten Reiches und natürlich, wieder gaaaanz anders. Es waren also Zeiten, in denen sich alles änderte. Und wenn sich alles ändert, so glauben manche Zeitgenossen gerne, daß das, was sie mitten im allgemeinen Ändern am Anzetteln sind, recht bald vergessen werden wird. Doch Geschichtsschreibung ist kein Hobby, und Historiker können über Nacht ganz unfreiwillig zu Detektiven werden. Im Gegensatz zum Kriminalroman sind in der Geschichte dann, wenn die Nachkommen die Suppe auslöffeln müssen, diejenigen, welche sie eingebrockt haben, längst tot. In unserem Fall scheint es so zu sein, daß die Nassauer, in dumpfer Vorahnung des Kommenden, den siegreichen Preußen von 1866 die Suppe ein wenig zu versalzen gedachten. Doch davon später. Soviel sei zum tröstlichen Ausgleich der Geschichte schon vorab bemerkt. Die Nachkommen der Nassauer sind heute, nach angemessener Wartezeit und anschließender Beförderung, Großherzöge von Luxemburg. Die Erben der Preußenkönige gehen als hochadelige Handelsvertreter Klinken putzen.

Marschall Vorwärts läßt sich Zeit

Nach so vielen Seiten ist es an der Zeit, den Leser um Entschuldigung zu bitten. Obwohl die Höchster nachweislich mit der »großen« Geschichte nichts am Hut hatten, kehren wir doch in schönen Abständen immer wieder dorthin zurück. Aber auf dem Mond lebten die Höchster eben auch nicht, der beschien allenfalls die wunderlichsten Begebenheiten am Beginn einer (wieder einmal) neuen Zeit. Es hatten ja die Nassauer ihr rundliches, aber bettelarmes Herzogtum unter den wohlwollenden Blicken des Kaisers Napoleon zusammengetragen. Im Jahre 1806, als aus den Fürsten des Hintertaunus veritable Herzöge wurden, sah die Sache ja noch gut aus. 1812 aber, als der »Grande Armée« in Moskau die ersehnten Winterquartiere verbrannten, bekam das freundliche Bild unschöne Flecken. Um es kurz zu machen, die ehemalige 500.000-Mann-Armee Napoleons kam arg gerupft von der Eroberung Rußlands zurück, bekam von all denen, die sie fünfzehn Jahre gepiesackt hatte, erneut bei Leipzig eine aufs Haupt, weshalb das Ereignis gerne Völkerschlacht genannt wird, und dann ging es, wie so häufig, wenn die Weltgeschichte Atem holen muß, schnurstracks nach Höchst.

Vorausgegangen war die Schlacht bei Hanau (sie ist nicht auf dem berühmten Arc de Triomphe in Paris verzeichnet), bei der der waidwunde Napoleon seinen Gegnern noch einmal gezeigt hatte, was ein Kriegsheld ist, und diese mündete in eine folgenschwere Nacht. Wo? Natürlich in Höchst. Der geschlagene Napoleon war durch Frankfurt gezogen, wo er dem Freiherrn von Bethmann noch Rat gegeben hatte, wie er es mit den Siegern zu halten habe, und gelangte am Abend des 1. November 1813 nach Höchst. Es war früh dunkel, für Heldentaten fehlte das Tageslicht und auch der sehr vorsichtige Gegner, und so tat der Kaiser das einzig richtige, er legte sich aufs Ohr. Er konnte ja nicht wissen, daß sein unruhiges Schnarchen in der Amtsstube eines heutigen Beamten der damals auch nicht ganz Freien Stadt Frankfurt (welch faszinierende Parallele zum heutigen Nutzer dieses Raumes), der Stadt Höchst einen weiteren, wenn auch kurzen Atemzug der Weltgeschichte bescheren sollte. In Höchst übernachtete Napoleon zum letzten Mal auf deutschem Boden, denn Mainz, wo er am folgenden Tage zur Ruhe ging, durchlebte damals noch seine letzten Tage als Präfektur des französischen Departements Mont Tonnerre, war also Ausland. Es wird gerne kolportiert, daß der schnelle, populäre und pathologisch blutdürstige Marschall Vorwärts, genannt Blücher, schon in der nächsten Nacht die Kissen des Korsen im Bolongaropalast aufwärmte. Doch das ist schlichtweg gelogen, nur um der Geschichte ein wenig Würze zu geben.

Die Wirklichkeit kommt dem zwar nahe, ist jedoch prosaischer. Blücher ließ sich Zeit, schließlich sollte er ja auch erst in der Neujahrsnacht 1813/14 bei Kaub den nahen Rhein überqueren. Er legte also vom 17. November bis zum 27. Dezember des Jahres 1813 sein Hauptquartier in den Bolongaropalast.

Napoleons Bett wird er wohl kaum beschlafen haben, denn die Feldherren pflegten ihr Bettzeug mitzubringen, da sie (zu Recht) davon ausgehen durften, daß das Quartier des Vorgängers, hier der Bolongaropalast, weitgehend ausge-

plündert war. Mit dem Abzug Blüchers endete für Höchst eine Zeit von mehr als zwanzig Jahren kriegerischer Wirren. Man hatte wieder einmal die Nase gestrichen voll von der Weltgeschichte, fand sich mit den neuen Herren, wer immer sie waren, ab und sehnte sich nach dem Biedermeier. Das war eine Zeit, in der vieles brodelte, aber nichts überkochte, weshalb schon damals für kleine geplagte Leute die Illusion aufkommen konnte, die später so genannte »gute alte Zeit« sei angebrochen. Fast könnte man glauben, es sei so gewesen.

Nassauer
können auch anders

Die neuen Herren, die Nassauer Herzöge, machten erst einmal ihre Hausaufgaben. Nassauer nehmen nicht nur,

sie geben auch. Im Falle Höchst, sie investierten. Die Stadt und das Amt Höchst erhielten eine Infrastruktur, die sich im damaligen Deutschland durchaus sehen lassen konnte, und das, ohne daß für die klammen Landesherren kurzfristig ein Profit bei der Sache heraussprang. Respekt! Vor allem die Straßen wurden ausgebaut. Die alten Stadttore auf der Mainzer Landstraße, mittlerweile reine Verkehrshindernisse, wurden abgerissen, und dem Ost-West-Verkehr wurde damit eine Gasse bereitet. Vor dem ehemaligen Obertor zweigte seit 1814 die brandneue Königsteinerstraße ab, die einen bedeutenden Teil des Fernverkehrs von Frankfurt über Limburg nach Köln nun über Höchst zog. Zwischen Höchst und Nied wurde 1824 die neue Brücke über die Nidda erbaut, und sogar eine nagelneue, für damalige Verhältnisse großzügige Schule wurde am Kirchplatz in Höchst errichtet. Als i-Punkt der ganzen Investitionen und Reformen wurde Höchst 1818 die Gewerbefreiheit spendiert, was die Auflösung der alten verknöcherten Zünfte voraussetzte. Diese hatten sich, wie auch die Antoniter, längst selbst überlebt. Angesichts der wenigen Gulden in den Zunftladen dürften die Zunftmeister über ihre Amtsenthebung nicht gar zu verbittert gewesen sein. Als Ergebnis der wirtschaftlichen und strukturpolitischen Anstrengungen des jungen Herzogtums gilt es zu vermelden, daß Höchst, das im Jahre 1817 gerade mal 1677 Einwohner zählte, wenige Jahre später als der gewerbereichste Ort im Herzogtum Nassau bezeichnet wurde. Das spricht für die Anstrengungen des kleinen Herzogtums (mehr noch, seiner leitenden Minister), will jedoch in einem so bettelarmen Ländchen wie Nassau auch nicht allzuviel heißen.

Wenn die Pflicht ruft, bleibt keine Kehle trocken

Wenden wir uns den alltäglichen Geschicken der Höchster zu. Die Stadtgemeinde saß nach den napoleonischen Kriegen auf einer gewaltigen Schuldenlast, die selbstverständlich niemand übernehmen wollte. Die war abzutragen. Ein wenig erleichtert wurde diese Aufgabe unbestritten durch die Zentrumsfunktion der Stadt im Amte Höchst. Man war immerhin wer in der näheren Umgebung. Nicht immer allerdings gereichte diese Rolle der Stadt zum Vorteil. Sogar manche Hilfe von außerhalb schlug teuer zu Buche. Im Jahre 1812, fast zum gleichen Zeitpunkt, da die »Grande Armée« im brennenden Mos-

kau nach einem warmen Plätzchen fürs Winterquartier suchte, loderten auch in Höchst wieder einmal die Flammen.
Nein, kein Stadtbrand drohte, Katastrophe war nicht angesagt. Der in Fachwerk errichtete Oberstock des Kronberger Hauses (so wie noch beim Dalberger Haus zu sehen) brannte ab. So weit so gut. Die Höchster Feuerwehr (die freiwillige) löschte, und Feuerwehren aus der Nachbarschaft halfen dabei. Auch gut. Und nun, der geneigte Leser, der diesem Buch schon manches Staunenswerte entnommen haben mag, er halte sich fest. Keine Angst, keine Weltgeschichte, keine Taten von Prälaten, Kurfürsten oder Kaisern, nein, kleine Leute haben hier Maßstäbe der Brandbekämpfung gesetzt. 48, in Worten »acht-und-vierzig« Ortschaften schickten ihre freiwilligen Feuerwehren. Sogar aus Kalbach und Eppstein im hintersten Taunus kamen sie mit ihren ochsen- und pferdegezogenen Feuerspritzen angezuckelt. Wie hatten sie bloß von dem Brand erfahren? Wie kamen sie – es war der 22. Dezember des Jahres 1812 – durch den hohen Schnee? Kamen sie denn überhaupt rechtzeitig? Keine gesicherte Antwort auf all diese Fragen. Sie kamen einfach. Dabeisein ist alles, Olympier und Feuerwehrleute waren in Höchster Eintracht verbunden. Und der Gefahr nicht achtend zur Brandbekämpfung nicht pünktlich gewesen zu sein, bliesen sie alle zu einem Finale, das der Annalen der Weltgeschichte würdig gewesen wäre (wenn nicht Napoleon just zur gleichen Zeit in Moskau einem grösseren Feuer, ohne die Höchster Löschzüge, gegenüber gestanden hätte). Noch einmal: 48, in Worten acht-und-vierzig Feuerwehren mit mindestens 300 Mann blieben mehrere Tage lang, also über Weihnachten und

somit in heroischer Pflichterfüllung von Weib und Kind getrennt, zur Brandwache bei einem einzigen Haus in Höchst und löschten, wann immer sich eine Funke regte. Die Funken allerdings sprühten vor allem in den Kehlen der pflichtbewußten Feuerwehrmänner. Es ist unglaublich, was in einen Menschen hineingeht, wenn er eingeladen ist. Die Stadt Höchst zahlte, wie so oft, die Zeche. 557 Gulden und 53 Kreuzer kostete die Brandbekämpfung, und das meiste von dieser Summe ließen die wackeren Feuerwehrmänner durch ihre Kehlen laufen. Umgerechnet aufs Wassergeld hätte damit ein Weltenbrand von kosmischen Ausmaßen gelöscht werden können. Als am Heiligabend des Jahres 1812 die weihnachtlichen Weisen vom Schloßturm (ja, schon damals) erklangen, dürfte die frohe Brandwache auf dem Höchster Schloßplatz kräftig geschunkelt haben. Nach diesem alten Brauch macht auch heute noch beim Weihnachtskonzert noch mancher Flachmann die Runde.

Raststätte Höchst

Ein weiteres Beispiel dafür, wie Höchst aufgrund der neuen Straßenführungen bedeutenden Fernverkehr an sich zog, ist ein Ereignis aus dem Jahr 1827, rekordverdächtig genauso wie das denkwürdige Feuerwehrtreffen des Jahres 1812. Aus Frankfurt am Main, der immer noch nicht geliebten Nachbarstadt, nahte damals ein Schiff, nichts ungewöhnliches seit der Zeit im hohen Mittelalter, da der Zoll in Höchst eingeführt wurde. Doch dieses Schiff befuhr nicht den Main, es nahte sich unter vollen Segeln, mit lärmender und völlig besoffener Besatzung und von geduldigen Gäulen gezogen, auf der Mainzer Landstraße

von Nied her der Stadt. Die Schulkinder des Nachbarortes Nied liefen voraus, um das Ereignis anzukündigen. Das Schiff ankerte an der Ecke Hauptstraße (heute Bolongarostraße) /Königsteinerstraße. Ein Teil der Besatzung mußte ausgetauscht werden. Einige Alkoholleichen wurden in begleitende Kutschen gebettet und dort dem Zorn und der Fürsorge ihrer begleitenden Ehefrauen überlassen. Neue Kräfte schwankten an Bord des Hauptschiffs, auf dem bei der Abfahrt aus Höchst das zweite Frühstück (sprich Frühschoppen) begann. Ziel der

Expedition war die Königsteiner Kerb, welche glücklich erreicht, aber dem Bericht des Chronisten Friedrich Stolze zufolge weniger glücklich verlassen wurde. Doch das gehört in die Geschichte der Schifffahrt in Frankfurt am Main. Auf jeden Fall belegt die Fahrt des Raddampfers »Freie Stadt Frankfurt« im Jahre 1827, vor allem sein einmaliges Abbiegen vom Main zum Hochtaunus, die Bündelung aller wichtigen Verkehrswege in Höchst in dieser Zeit.

Man konnte froh sein um solche Ereignisse, denn viel los war wenig im Höchst der Biedermeierzeit. Die drohende Choleragefahr von 1830 hatte man mit Glück und Vorsorgemaßnahmen weggesteckt, aber das war nur eine kurze Ängstigung der Bewohner. Man hatte drängendere Sorgen. 1826 war die Justinuskirche richtiggehend beklaut worden, der Tabernakel erbrochen und wertvolles Kirchengerät gestohlen. Vom protestantischen Landesherrn, dem Herzog in Wiesbaden, war nicht viel zu erwarten. Der konnte kaum die seinem Herzen und seiner Schatulle näher stehenden protestantischen Kleriker bei Laune halten. Den neuen katholischen Landeskindern gegenüber war er zwar korrekt, aber eben nur dies, mehr war nicht drin. So war es schon erstaunlich, daß in den dreißiger Jahren die Justinuskirche doch einigermaßen gründlich auf Vordermann gebracht wurde. Sie wurde entrümpelt, frisch gestrichen und sogar mit neuen Kirchenbänken versehen. Der Herzog achtete wohl darauf, daß auch seine Landeskinder von der anderen Fakultät bei der Sonntagspredigt einen schönen Sitzplatz hatten.

Das galt zwar nicht für alle, doch wurde jedem, getreu der Bibel, nach seinen

Verdiensten gegeben. 1828 findet sich hierfür ein schöner Beleg. Damals wurden die drei Chörchen, sprich die Kapellen am Nordseitenschiff, wo die Pönitenten bis dato auf nackten Steinplatten die lange Zeit der Sonntagsmesse verbringen mußten, gnädig mit wärmedämmenden Holzfußböden versehen. Jawohl ihr Sünder, so streng waren damals die Bräuche. Wer damals am Samstag bei der Beichte dem Pfarrer Übles ins Ohr flüsterte, der ging nicht einfach mit einem erlösenden »Ego te absolvo« und zehn Vaterunsern zum Schlaf der Gerechten nach Hause, man hatte als ertappter Sünder am Sonntag

seinen Platz bei den Pönitenten, den Büßern, einzunehmen. So wurde, unter leichter Dehnung des Beichtgeheimnisses, der Gemeinde klargemacht, wer so alles unter der Woche gegen eines der zehn Gebote verstoßen hatte. Eine solche Zurschaustellung wäre heute nicht gerne gesehen, weniger wegen der Rufschädigung als vielmehr, weil die Kapellen viel zu klein für die Menge der heutigen Sünder sind, und auch der Pfarrer gleich dort zelebrieren könnte.

Fern vom Walde, da komm ich her ...

Sie hatten nichts zu lachen, die Höchster Bürger der scheinbar so betulichen Biedermeierzeit. Meistens nicht, aber manchmal doch. Eine der Gelegenheiten, bei denen man sich in dem Städtchen noch tagelang den Bauch vor Lachen hielt, war eigentlich ein ganz großes Ereignis. Zudem wurde – wieder einmal – eine neue Zeit eingeläutet, das Zeitalter der Technik. Schon seit 1837 »bahnte« es sich an. Zwei Jahre zuvor war, erstmals in Deutschland, ein furchterregendes feuerspeiendes Ungetüm zwischen Nürnberg und Fürth auf langen eisernen Bändern dahergefahren. Die erste deutsche Eisenbahn hatte nach englischem Vorbild und mit insularer Technik ihre Probefahrt zurückgelegt. Das veranlaßte einige Zeitgenossen, Bankiers und Finanziers vorneweg, über die Verwirklichung kühner Träume um das neue Vehikel zu spekulieren und alsbald auch zu investieren. Da Frankfurt am Main, nicht zuletzt dank der Rothschilds, schon damals eine Finanzmetropole war, ist es kein Wunder, wenn man in Frankfurt schon bald von einer Eisenbahnlinie mit eigenem Bahnhof träumte. Eine Eisenbahn muß aber, wenn sie einen Sinn machen soll, irgendwohin führen. Das war schon in den ersten Tagen des neuen Verkehrsmittels so. Rund um Frankfurt aber waren der Freien Stadt enge Landesgrenzen gezogen. Der verkehrsreiche Rhein, den die Frankfurter Kaufleute mit ihren Waren so gerne befuhren, war nur durch die Territorien von Hessen-Darmstadt oder eben des Herzogtums Nassau zu erreichen. Doch der konservative Herzog kapierte lange Zeit nichts, bis dann ab 1837 eine Gesellschaft unter Führung des Bankhauses

Bethmann die notwendigen Grundstücke gekauft hatte und zwischen Frankfurt und Hattersheim die ersten Geleise legen ließ. Es fehlte nicht an warnenden Stimmen. Nein, um eine finanzielle Fehlspekulation war man nicht besorgt. Aber man befürchtete, daß sich das Wetter verschlechtern, die Kühe auf den Weiden verrückt werden oder gar eine Art Weltuntergang kommen könnte. Man kann sich vorstellen, wie die Einwohner entlang der Trasse von Frankfurt nach Hattersheim dem Tag der ersten Fahrt der Teufelsmaschine im Juni 1839 entgegenfieberten. Den Befürchtungen um einen Weltuntergang stand allerdings die Tatsache entgegen, daß im Jahr zuvor das erste Dampfboot auf dem Main, die »Stadt Frankfurt«, ohne Verursachung einer Katastrophe den Fluß und auch die Stadt Höchst mit Anstand und ohne Havarie passiert hatte. Doch was auf dem Wasser gutging, mußte auf Schienen noch lange nicht hinhauen. Auch in Höchst hegte man einige Befürchtungen, doch hatte man den neuen Bahnhof, an dem das Ungetüm halten sollte, in weiser Voraussicht weit vor die Stadt gelegt, da wo die Bahnlinie die Königsteinerstraße überquerte. Echte Sorgen hatten wohl nur die Höchster Fuhrunternehmer und Spediteure, die

bei Gelingen des Experiments ihre Existenz in den Rauchfang schreiben konnten.

Am 23. Juni 1839 bestieg, gewandet in feinen Zwirn, eine festlich gestimmte Gesellschaft am Taunustor in Frankfurt am Main eine Reihe von klapprigen Wagen, um als deren Insassen in Windeseile die Ortschaft Hattersheim, bis dahin nur durch seine große Posthalterei bekannt, zu erreichen. Die schwarze und fauchende Lokomotive setzte sich, wie in solchen Zeiten üblich, unter Jubelrufen als die erste Eisenbahn im Rhein-Main-Gebiet in Bewegung. Zwar zog es in den teilweise offenen Wagen jämmerlich, Hüte und Bänder flogen, aber tapfer fuhr die Gruppe von Investoren und Honoratioren der neuen Zeit entgegen. Der Zug gewann an Fahrt, flog über den Rebstock und tauchte alsbald feuerspeiend in das geheimnisvolle Dunkel des Nieder Wäldchens ein, Furcht und Schrecken unter den

Bewohnern der Waldung verbreitend. Das wars dann. Es wurde ganz still um die Pioniere der Technik. Als der Zug den Wald verließ, hatte er eine eigentümliche Wandlung hinter sich. Nicht mehr drohte eine in Qualm und Rauch gehüllte Lokomotive alles niederzuwalzen, was sich ihr in den Weg stellte, nein, dickleibige schwitzende Herren zogen und schoben nun den Zug und beschmutzten nach Kräften ihre papageienbunte Kleidung, angefeuert von einer aufgeregten Damenwelt, die ihre Parapluies schwang, als gälte es, durch diese Notsignale die kräftigen Höchster Fuhrleute zur Hilfeleistung herbei zu locken. So ging es bis Höchst, wo man sich erschöpft zum erholsamen Trunk in der wohlweislich schon fertiggestellten Bahnhofswirtschaft niederließ. Diese Bahnhofswirtschaft steht übrigens heute noch und beschert Höchst vermutlich einen weiteren rekordverdächtigen Superlativ, von dem bislang niemand etwas wußte. So wie die älteste deutsche Eisenbahnbrücke zwischen Nied und Höchst die Nidda überquert, so hat Höchst, auch wenn der Bahnhof längst weitergewandert ist, am Dalbergplatz die älteste Bahnhofswirtschaft Deutschlands. Früher hieß sie »Zum Landsberg«, heute wechselt alle naselang ihren Namen, aber sie ist da, und zwar wohlerhalten. Da sage einer, Höchst habe nichts zu bieten.

Generalprobe mißglückt, Premiere gelungen. Trotz der traurigkomischen Probefahrt war die Eisenbahn Frankfurt-Hattersheim, die ab 1840 bis Wiesbaden fuhr, ein voller Erfolg. Schon im April 1840 wurde die Postkutschenlinie zwischen Frankfurt und Wiesbaden eingestellt. Das neue Verkehrsmittel war, wenn auch anfangs sehr teuer, einfach zu

schnell. Von Frankfurt nach Höchst dauerte es nur sechzehn Minuten. Einhundertfünfzig Jahre später braucht man mit der S-Bahn von Höchst zum Taunustor in Frankfurt elf Minuten (wenn der Zug am Hauptbahnhof nicht wieder einen seiner endlosen Aufenthalte hat). Vier Minuten Beschleunigung in eineinhalb Jahrhunderten. Da kann man schon von einem Triumph der Technik sprechen.

Die Höchster machen eine Revolution

Das Jahr 1848 steht vor der Tür. Wieder einmal erhellte die Brandfackel der Revolution Europa, und auch Höchst ging mit zwei Neuerungen aus dieser turbulenten Zeit hervor. Aus dem ziemlich von oben herab (oder besser, aus seinem Wohnzimmer im Greiffenclauschen Haus) regierenden nassauischen Schultheißen Rüffer wurde der erste Höchster Bürgermeister Andreas Adelon und im gleichen Jahr 1849 wurde das Höchster Kreisblatt gegründet. Soweit die Revolution in Höchst. Ansonsten demonstrierte man fleißig, exerzierte in Waffen und beschimpfte gar leibhaftige Reichsminister, wie z.B. den Herrn Heckscher, der sich vor seinen Gegnern im Frankfurter Paulskirchenparlament nach Höchst geflüchtet hatte. Die Turner des 1847 gegründeten Höchster Turnvereins taten sich mit Forderungen politischer Art besonders hervor. Anfangs hatte der Herzog in Wiesbaden, wie so viele seiner fürstlichen Kollegen, die Hosen gestrichen voll und gab der geballten Wut des Volkes auf der ganzen Linie nach. Doch im Herbst 1848 hatten längst wieder Generäle und Kommißköpfe das Sagen, und die lösten die Probleme auf ihre Weise. Auch die aufmüpfigen Höchster Untertanen wurden unter Standrecht gestellt, die ganz lauten zeitweise verhaftet und verhört und außerdem zur Strafe eine militärische Besatzung in die Stadt gelegt. Da konnten die braven Höchster Bürger von Glück reden, daß sie wenigstens ihr Höchster Kreisblatt und die neue Gemeindeordnung behielten. Auch dieser Ausflug in die große Politik war nicht von Erfolg gekrönt.

Nein, es hat, bei all seiner Bedeutung für den Rest des alten Kontinents, keinen Sinn, das Jahr 1848 in Höchst in den Rang eines weltgeschichtlichen Ereignisses zu heben. Diese waren an anderen Orten zu bewundern. Weltgeschichte fand in diesem Jahr hier nicht statt. Angesichts der in den letzten Jahrhunderten gemachten Erfahrungen möchte man auch sagen: Gott sei Dank! Denn die braven Höchster plagten ganz andere, sehr alltägliche Sorgen. Zu den gewerbereichsten Orten im Herzogtum Nassau zählte man irgendwie immer noch, doch was wollte das in diesem Armenhaus schon heißen? Von wegen Biedermeier und der damit gerne verbundenen bürgerlichen Behaglichkeit. Nachdem sich der wirtschaftliche Aufschwung in der napoleonischen Ära als ein nur durch die Kriege des Korsen genährtes Scheinfeuer erwiesen hatte, war es mit der ungebrochenen Prosperität vorbei. Jetzt war erst einmal Zahltag für den kleinen Mann. Überflüssig zu betonen, daß er zu zahlen hatte, gegeben wurde ihm nichts. Kriege kosten zu allen Zeiten Geld. Lange Kriege, das ist leicht einzusehen, kosten viel Geld. Und es gehört zu den Gesetzen des Krieges, daß der Verlierer die Zeche zahlt. Natürlich nicht der unterlegene Feind,

der besiegte Feldherr gar. Dieser wird lediglich vom ruhmreichen Eroberer zum heldenhaften Verteidiger der Heimat zurückgestuft. Denkmäler und Ehrenpension sind ihm allemal sicher. Gewiß, ein Sündenbock muß büßen, doch nur wenn er sich mit seiner Ehrenpension, so wie Napoleon auf seiner Ferieninsel Elba, nicht zufrieden gab. Dann wurden die Pension kleiner, die Insel entlegener und die Sonnenstunden im Jahr zusammengestrichen. Doch das sind unerfreuliche Ausnahmen. Die Zeche aus den Revolutionskriegen und den nachfolgenden Eroberungskriegen zahlten nicht der entthronte Kaiser und auch nicht die »Grande Nation«. Die zu entrichtende Summe wurde gleichmäßig auf die Internationale der kleinen Leute verteilt, wobei die Herrschenden auch gleich noch einen hübschen Betrag für die freiheitlichen Errungenschaften der Französischen Revolution draufpackten, als da waren: Bauernbefreiung, Lehens- und Zinsablösung, Abgeltung von Grundherrschaft und Dienstbarkeiten. Da hatten die »Befreiten« noch gewaltig zu blechen, und die Jahrhundertmitte war mancherorts erreicht, bis die letzten Gulden und Kreuzer an die alten (und auch neuen) Herren abgeliefert waren. Es ist kein Zufall, daß der Zeitpunkt der letzten Zahlungen oft mit dem Revolutionsdatum des Jahres 1848 zusammenfiel. Das Maß war einfach voll.

Wenn soviel in Fürsten- und Aristokratentaschen gezahlt werden muß, bleibt fürs Wirtschaften nicht viel übrig. Kommen dann noch schlechte Ernten, zyklische Krisen und die allgegenwärtigen Hindernisse der Kleinstaaterei in Form von Zollschranken und ungleicher Besteuerung hinzu, ist einem jeden wirtschaftlichen Aufschwung schnell der Hahn abgedreht. Die industrielle Revolution, der große Sprung nach vorn im Deutschland des 19. Jahrhunderts, setzte, wiederum nicht ganz zufällig, erst nach der Jahrhundertmitte, nach 1848 ein. Und da Höchst mitten in diesem verzettelten Deutschland lag, dem der Deutsche Bund einen ziemlich unpassenden Namen gab, nahm es fröhlich an der allgemeinen Misere teil. Ja, fröhlich war man im nassauischen Höchst trotz allem. Aus der alten kurmainzischen Zeit hatte man sich offenbar eine kräftige Portion karnevalistischer Gesinnung in die nassauische Ära hinübergerettet. Schon unter dem milden Regiment von Mitra und Krummstab waren ja die Höchster keine Kinder von Traurigkeit gewesen. Aus dem Februar des Jahres 1858 liegt ein ausführlicher Bericht des Frankfurter Konversationsblattes vor, in dem der Karneval in Höchst geschildert wird. Zentrum und Regierungssitz des Karnevalprinzen war das Dalberger Haus. Die ganze Stadt war festlich geschmückt, ein närrischer Zug bewegte sich durch die Straßen. Alles war maskiert, kaum jemand war ohne ein buntes Kostüm zu sehen. Öffentliche Ereignisse und private Episoden wurden ironisch und in beißender Schärfe glossiert. Bis spät in die Nacht wurde getanzt und gefeiert, gesoffen und gelärmt. Die Krise fand nicht jeden Tag statt.

Und neues Leben erstand aus den Ruinen

Dennoch, es regte sich etwas in der Stadt. Zwar waren die Bauern mit ihren wenigen Hektar Land kaum in der Lage, Überschüsse zu produzieren, war das lokale Handwerk in Höchst derart überbesetzt, daß jeder der zahlreichen Schuhmacher, Bäcker, Metzger, Schmiede, Wagner und Bender noch weitere Berufe nebenher, vom Tagelöhner bis zum Boten ausüben mußte, aber zögernd, ganz, ganz langsam, erreichten die ersten Vorboten einer neuen Zeit, genannt die Industrialisierung, das Städtchen Höchst. Zunächst ging es noch bergab. Mit dem Fuhrverkehr auf der Landstraße, dem Frachtverkehr auf dem Main, und deshalb natürlich auch mit den Zolleinnahmen. Alldem hatte die neue Eisenbahn den Garaus gemacht. Um die völlig antiquierte Zollerhebung war es nicht schlimm. Diesem Fossil aus dem Mittelalter mußte irgendwann ein Ende bereitet werden. Schlimmer war schon, daß durch den fast zum Erliegen gekommenen Schiffsverkehr der Wasserweg keine Pflege mehr erfuhr, weshalb sich außer den flachen Schelchen der Höchster Fischer kaum noch ein Lastkahn bei Höchst sehen ließ. Und auch die Wirte, Wagner und Schmiede jammerten, kam doch seit die Taunuseisenbahn unter Dampf stand, kein Marktschiff mehr nach Höchst, um Passagiere und Waren in die Stadt zu bringen, wurde keine Kutsche mehr repariert, kein Ross beschlagen. Dennoch, in den fünfziger Jahren war die Talsohle erreicht.

Plötzlich etablierten sich neue Betriebe in der Stadt. Große Fabriken waren das nicht. Kleine Klitschen, in Hinterhofatmosphäre zumeist, mit einem Verkaufsvolumen, das einem Bauchladenbesitzer nur ein müdes Lächeln entlockt hätte. Aber immerhin, es waren wirkliche Neuanfänge, denen ein rundes Jahrhundert und mehr einer erfolgreichen Geschäftätigkeit bevorstand. Die Großmannsche Gipsmühle war dabei, das Malergeschäft Gottschalk auch. Dann kam 1856 eine leibhaftige »Fabrik chemischer Produkte« hinzu, auch die bald weithin bekannte Möbelfabrik Halm nahm 1858 ihren Betrieb auf. Die Stadt der Chemie, die Stadt der Möbelfabriken begann ihre schläfrigen Glieder zu recken. Und auch die Stadt der eisen- und metallverarbeitenden Industrie erhielt 1858 mit der Taunushütte einen ihrer ersten Betriebe. Das waren die Anfänge, und sie waren so klein, daß sie von den Zeitgenossen kaum beachtet wurden. So klein wie eine der neuen Einrichtungen der kommunalen Infrastruktur, das ebenfalls 1858 eröffnete Hospital im Haus der Witwe Heinrich Sauer in der Kleinen Taunusstraße (heute Emmerich-Josef-Straße). Einen Arzt gab es nicht, dafür vier eiserne Bettstellen, in denen wandernde Handwerksgesellen ihre maladen Glieder pflegen lassen konnten; wenn sie gerade da waren. In diesen herrlichen Zeiten geschah es oft, daß das Töchterchen des Verwalters die Insassen des Hospitals in einer der Höchster Kneipen suchen mußte, um sie an die den Kranken so bekömmliche Bettruhe zu erinnern.

Tu felix Hohstedin nube

Nur langsam, wir kommen schon zum Thema, was die Gründung »der« Fabrik angeht. Schön der Reihe nach. Denn erstens hat »die« Fabrik eine längere Vorgeschichte, und zweitens war der Laden auch nicht viel größer als etwa die Gipsmühle oder eine der neuen Möbel- oder Metallfabriken. Als 1863 drei Herren, Eugen Lucius, Carl Friedrich Wilhelm Meister und Ludwig August Müller in Höchst mit herzoglich-

nassauischer Genehmigung eine Farbenfabrik gründeten, hatten wieder einmal drei Heiraten einen Stein ins Rollen gebracht, der in der deutschen Industrielandschaft einige tiefe Spuren hinterlassen sollte.

Die erste Heirat fand weit entfernt von Höchst und hoch in der »guten alten« kurmainzischen Zeit statt. Im Jahre 1781 heiratete in Erfurt der Kammerdiener des kurmainzischen Statthalters (denn das Eichsfeld mit der alten Stadt Erfurt gehörte wie Höchst zum Mainzer Kurstaat) mit Namen Michael Wercking die Tochter des ortsansässigen Handelsmannes Johann Michael Lucius. Das war keine Dienstbotenheirat. Der Stadthalter hieß Karl Theodor von Dalberg, war um die Hebung des Commerciums, von Handel und Gewerbe in seinem Beritt sehr bemüht und sollte es über einige Atemzüge als letzter Erzbischof von Mainz noch zum Großherzog von Frankfurt von Napoleons Gnaden bringen. Sein Kammerdiener war auch nicht nur für saubere Unterhosen und gebügelte Hemden zuständig. Er managte nichts weniger als die gesamte Hofhaltung des Statthalters, von der zahlreiche Impulse für das Wirtschaftsleben von Erfurt ausgingen. Und der gute Lucius? Dessen Familie repräsentierte seit mehr als zwei Generationen eines der größten Handelshäuser der Stadt. Ob nun das Lucius-Töchterchen eine strahlende Schönheit oder ein häßliches Entlein war, spielt angesichts dieser Verbindungen keine Rolle mehr. Hier heirateten Geld und Macht, Beziehungen und Geschäft zum gegenseitigen Nutzen. Und so geschah es.

Im Schlepptau des Statthalters von Dalberg kamen die Lucius nach Mainz und Frankfurt, versippten sich innigst mit dortigen Handelshäusern, und 1764 taucht ein Johann Conrad Michael Lucius als Höchster Bürger auf. Das war praktisch, denn das Städtchen lag auf halbem Wege zwischen Frankfurt und Mainz und war insbesondere in napoleonischer Zeit auf dem besten Wege, eine Drehscheibe des Speditionsgeschäfts zwischen beiden Städten zu werden. Ein gewisser Herr Horstmann, der ebenfalls einen Ehrenplatz in einer Verwandschaftstafel zwischen den Lucius und den Bolongaro behauptet, hatte hier alle Fäden in der Hand. Die Familie Lucius sollte Höchst, auch wenn die Anziehungskraft dieser kleinen Stadt bisweilen nachließ, nicht mehr aus dem Auge verlieren.

Gut fünfzig Jahre nach der Erfurter Heirat wurde in dieser Stadt als Neffe des genannten Johann Conrad Michael ein Lucius geboren, der völlig aus der Art geschlagen schien. Statt Bilanzen interessierten ihn Formeln, statt Kaufmann wurde er Chemiker. Das war gewiß ein interessanter Beruf, für ehrbare Kaufleute jedoch brotlose Kunst, so als wolle heute jemand Astronaut werden in der Meinung, der Liniendienst zum Mond benötige Betriebspersonal. Eugen Lucius studierte also Chemie an verschiedenen Orten, vor allem aber im hochindustrialisierten England, zog dann in den Dunstkreis einiger Familienmitglieder nach Frankfurt und wurde Unternehmer. Er kaufte mit elterlichem Erbteil eine kleine Farbenfabrik am Oeder Weg und begann einigen Ideen nachzuspüren, die er in England aufgeschnappt hatte. Da er aber noch genug ordentliches Kaufmannsblut in seinen Adern hatte, suchte er sich ein ehrbares Eheweib. Das hatte nicht lange

zuvor auch ein Hamburger Kaufmann getan, der ebenfalls geschäftliche Aktivitäten in England hatte. Das wäre recht belanglos gewesen, wenn die beiden Ehefrauen nicht Schwestern gewesen wären. Außerdem hatten die Mädels eine tatkräftige Mutter und einen Onkel in Antwerpen, ebenfalls Kaufmann. Und so geschah nun, was zumindest die Geschicke der Kleinstadt Höchst in völlig neue Bahnen lenkte. Die Schwiegermutter verband die Ideen ihres Schwiegersohnes Eugen Lucius mit den geschäftlichen Beziehungen ihres Schwiegersohnes Carl Friedrich Wilhelm Meister und gab als väterlichen Mentor ihren Bruder Ludwig August Müller, den besagten Onkel hinzu. Der Schwiegervater spielte keine Rolle. Er war ein angesehener Malerprofessor am Städel in Frankfurt und froh, seine geliebten Töchter in der Nähe zu haben. Das Ergebnis war die Gründung einer Fabrik für Teerfarben. Wo? Natürlich in Höchst.

Ein Unternehmertraum – aus Dreck Geld machen

Diese Teerfarben waren erst 1856 von Henry William Perkin, einem jungen Spund, den im Labor der Spieltrieb gepackt hatte, in England erfunden worden. Eigentlich suchte er ein neues Heilmittel, aber er hatte wohl kapiert, was ihm da an den Fingern klebte, und mit den neuen synthetischen Farbstoffen binnen kurzem reichlich Geld verdient. Viele taten es ihm nach, und auch in dem aus dem Nest gefallenen Chemiker Lucius regte sich der ererbte Kaufmannsgeist, als er davon hörte. In Schwipp-Schwager Meister und Onkel Müller fand er mit Hilfe von Schwieger-

mutter Becker zwei Dumme, die mit ihm das Risiko eingingen, und schon war die neue Fabrik im Werden. Damit er nicht alleine als Chemiker gegen zwei Kaufleute stand, engagierte er einen Kumpel aus Studientagen als zweiten Chemiker und ernannte ihm zum technischen Direktor. In einem Schuppen mit fünf Arbeitern war ein solcher Titel eigentlich eine Frechheit, aber Adolf Brüning schickte sich an, Leben in die Bude und damit auch Geld auf sein Gehaltskonto zu bringen. Zu letzterem verhalf ihm auch seine Frau, die er aus einer Berliner Wäscherei abgeschleppt hatte. Die war nämlich auch kein Waschweib, sondern die reiche Erbin eines Großunternehmens der sauberen Art, und so mußte sich Brüning vor seinen Chefs nicht verstecken. Nicht nur wegen dieser Polsterung sollte er bald selbst Chef in Höchst sein.

Die Farbwerke in Höchst schneiten 1863 nicht vom Himmel in ein verarmtes Höchst, und Tellerwäscherkarrieren waren es auch nicht, welche die Eigner der neuen Farbenfabrik durchliefen. Auch wenn die Schwiegermutter zeitweise die Puppen tanzen ließ, war alles sorgfältig durchdacht und geplant. Nichts war da zufällig, schon gar nicht die Ansiedlung der Fabrik in Höchst. Natürlich waren die Lucius längst auch mit den tonangebenden Höchster Familien versippt. So konnte der verwandte Holz- und Baustoffhändler Anton Schweitzer als Strohmann die Grundstücke für die neue Fabrik billig einkaufen. Lage und Infrastruktur von Höchst waren ohnehin wie geschaffen für Industrieansiedlungen. Das modernste Verkehrsmittel der Zeit, die Eisenbahn, führte in die Welt. Wasser zum Betrieb der Fabrik lieferte der Fluß, und die Straßen in Nassau, besonders die vielbefahrene Mainzer Chaussee, konnten sich sehen lassen. Die Stadt lag vor den Toren des industriefeindlichen Frankfurt, doch hier, im armen Herzogtum, behinderte niemand den Bau erfolgverheißender Schlote. Die Kaufleute und Chemiker zu Füßen der energischen Schwiegermutter hätten geprügelt gehört, wenn sie solche Chancen, zumal mit den brandneuen Erfindungen aus England im Rücken, nicht genutzt hätten. Aber es waren ausgeschlafene Jungs. Die Art, wie sie ihre ersten Farbeimer an den Mann brachten, zeigt es deutlich.

Majestät
wollen nicht immer blau sein

Die neuen Farbstoffe hatten nämlich allerlei Macken, wie so viele neue Produkte, die unausgereift auf den Markt kommen. Das Mauvein, der erste Teerfarbstoff, den der kleine kluge Engländer 1856 gefunden hatte, war zwar wunderschön, hielt aber nicht, was es versprach. Vor allem verblaßte es schnell, und auch die Färber hatten bei der Verarbeitung ihre liebe Not mit dem neuen Zeug. Doch war man in England, bald auch in Frankreich angesichts des Gejammeres der Textilproduzenten nach billigen Farbstoffen froh, überhaupt solche preiswert anbieten zu können, und das noch aus reinem Abfall. Ja, die neuen Farbstoffe wurden aus dem Dreck hergestellt, mit dem bis dato keiner etwas anfangen konnte, der aber reichlich in den Kokereien herum lag, eben dem Steinkohleteer. Er entstand bei der Verkokung von Kohle zur Leuchtgasgewinnung in den allerorten, so auch in Höchst 1864 entstehenden Gasanstalten. Gaslicht, Steinkohlenteer, Teerfarben: da sind wir wieder bei Eugen Lucius,

seinen Compagnons und ihrer Höchster Farbenklitsche.

Hier beschränkte man sich nicht darauf, die neuen Farbstoffe zu produzieren und zu verkaufen. Unermüdlich rührte Eugen Lucius in seinen Kesseln und Tiegeln, auf der Suche nach neuen, qualitativ besseren Farbstoffen. Sein Freund Brüning kam kaum bei der Entwicklung neuer Betriebseinrichtungen nach. Angefangen hatte man mit dem roten Fuchsin, noch keine Höchster Erfindung. Lucius und seine fünf Arbeiter knieten sich offenbar derart tief in ihre Mixturen, daß sie am Abend knallrot wie die Indianer die Fabrik verließen. Mit Waschen und Baden war dem nicht beizukommen. Es dauerte schon ein paar Tage, bis die Haut die feinen Farbpartikel wieder ausgeschwitzt hatte. »Rotfabriker« war da noch ein harmloser Spitzname für die Höchster Rothäute. Schon bald mischten sich unter die roten Gestalten am Fabriktor auch blaue, gelbe und grüne. Oft glich der Feierabend in der Fabrik am Mainufer eher einem bunten Abend, zumindest, was den Anstrich der Teilnehmer anging. Unter den grünen Männchen, welche im Jahr 1863 die Fabrik verließen, war besonders oft Eugen Lucius, der Chef persönlich, zu finden. Er kämpfte immer noch mit den Tücken des Gaslichtes, welches auch den schönsten Grünfarbstoff am Abend bei Kunstlicht blau werden ließ. Doch eines Tages war es soweit. Er kam nicht mehr wie sonst, blau und enttäuscht, sondern grün und fröhlich nach Hause. Was mancher nun für eine völlig unglaubwürdige Folge des Alkoholabusus halten mag, war in Wahrheit ein Grund, überhaupt erst eine Flasche aufzumachen. Das Aldehydgrün, das erste Grün, das diese

Farbe auch bei Gaslicht behielt, war gefunden. Dem Erfolg des Forschers folgte ein Marketing, von dem sich jeder, auch bei Hoechst, noch heute mehrere dicke Scheiben abschneiden kann. Der Belgier August de Ridder, vom Gründer Ludwig August Müller von Antwerpen nach Höchst geschleift, packte zusammen, was er von dem neuen Zeug aus den Tiegeln kratzen konnte und fuhr nach Lyon, wo man damals in der Herstellung feinster Seide ganz obenauf war. Der Färber Renard, auch nicht auf den Kopf gefallen, kaufte aus Angst vor der Konkurrenz gleich eine ganze Jahresproduktion. Es gehört zu den ungelösten Rätseln der Weltgeschichte, wie er anschließend an die Körpermaße der bildschönen französischen Kaiserin Eugenie kam, jedenfalls drehte er ihr im Namen der Stadt Lyon eine seidene (und passende) Abendrobe an, die er heimlich mit dem Höchster Aldehydgrün eingefärbt hatte. Und dann, große Oper in Paris. Licht aus, Spot an, die Kaiserin rauscht in die Loge, im Parkett rauscht der Beifall, alle Damen sind blau, nur die Kaiserin ist grün. Nicht vor Ärger, die anderen sind ja auch nicht besoffen. Es ist wieder wie im Labor von Lucius. Napoleon III. freut sich. Wieder einmal ein Abend unter Beifall, zwar nicht für ihn und seine immer häufiger in die Hose gehende Politik, dafür für seine Frau und ihr Kleid. Lucius und de Ridder wird es egal gewesen sein. Ganz Paris wollte nun grüne Klamotten, die diesen Namen auch verdienten. In Höchst rieb man sich die Hände und stellte Leute ein. Der Laden begann sich zu rentieren.

Mit Kohleabfall Kohle machen

Man hatte am Anfang ganz schön zubuttern müssen. Es traf zum Glück keine Armen. Nur der Mentor Ludwig August Müller schied 1865 als Miteigentümer aus. Wohl nicht aus Frust über die fehlenden Gewinne der ersten Jahre. Ihm wird der Weg zur Arbeit etwas lang geworden sein. Sein erster Wohnsitz war immerhin Antwerpen. Der steinreiche Carl Friedrich Wilhelm Meister konnte in aller Ruhe einen Teil seines gewaltigen Vermögens in die neue Firma investieren. Schwager Lucius würde es schon richten. Auch dessen elterliches Erbteil, nach heutigem Wert in Millionen zu zählen, reichte aus, um ein paar Anfangsverluste auszugleichen. Und Adolf Brüning, der neue Teilhaber anstelle von Müller, hatte durch seine reiche Heirat mühelos zu seinen neuen Compagnons aufgeschlossen. 1867 erhielt dann die Firma den Namen, den sie, mit geringen Änderungen mehr als einhundert Jahre tragen sollte: Farbwerke Meister Lucius & Brüning, man merke, zwischen Meister und Lucius nur ja kein Komma, auch wenn damit allen Mißverständnissen die Tür geöffnet ist. Beim Eintrag in das Handelsregister wurde dieses nämlich einfach vergessen. Da aber ein deutsches Handelsregister turmhoch über allen Regeln der deutschen Sprache, sämtliche Ausgaben des Duden eingeschlossen, thront, bleibt es für immer beim Firmennamen mit ohne Komma, was insofern egal ist, als die Farbklitsche von damals heute ohnehin »Hoechst Aktiengesellschaft« heißt.

Von da an lief der Erfolg dem Unternehmen nach, oder seien wir ehrlich, er wurde dort gemacht. Man kann beim besten Willen nicht alles aufzählen, was der Belegschaft, vom Chemiker bis zum Hofarbeiter in den nächsten Jahrzehnten so alles einfiel. Es wurde reichlich Geld damit verdient. So viel, daß sich die Eigner ganze Schlösser kaufen konnten, darunter natürlich auch das, was vom Höchster Schloß übrig war. Auch an die Arbeiter und Angestellten wurde gedacht. In der Hoffnung, die Rotfabriker doch noch sauber heimzuschicken, wurden Bäder gebaut und sogar, ein Horror für jeden in der Wolle gefärbten Kapitalisten, die Bade- und Waschzeit bezahlt. Wohnungen, Einfamilienhäuser wurden gebaut, rund 1400 bis zum Jahre 1914. Es wurde allen nach ihrem Anteil am Erfolg gegeben, es ging den Leuten »auf der Fabrik« gut. Natürlich war das alles nach Gutsherrenart geregelt, patriarchalisch von oben, ohne auch nur einen Hauch von gewerkschaftlichem – oh Gott – Einfluß und Mitbestimmung und häufig mit einem kräftigen Schuß erzieherischen Moralins.

Von kirchlicher und weltlicher Moral

Im Höchst der Gründerzeit sorgte sich nämlich nicht nur der katholische Pfarrer Emil Siering um Sitte und Anstand, wenn er mit gramgebeugtem Haupt zum 25jährigen Jubiläum der Farbwerke 1888 der Kirchenchronik die folgenden bitteren Worte anvertraute: »Die große Menge der Protestanten datiert seit der Begründung der Farbwerke »Lucius, Meister u. Brüning«, welche vor 25 Jahren mit 3 Arbeitern begannen und jetzt 3000 Arbeiter aus aller Herren Länder zählt. Materiell hat sich Höchst hierdurch gehoben; moralisch ist es aber dadurch tief gesunken;«. Der arme Pfarrer beklagte natürlich die

große Zunahme der Zahl der Ungläubigen, respektive Protestanten. Lutheranisch oder reformiert zu sein war für ihn schlichte Unmoral. Um die wahre Moral aber war man auch »auf der Fabrik« sehr besorgt. Die Notwendigkeit des Baus von Schlafhäusern für Wochenpendler begründete der Pionier der Arbeitsmedizin in Höchst, Dr. Wilhelm Grandhomme, ausdrücklich damit, verhindern zu müssen, daß ein ehrbarer Ehemann und Familienvater unter der Woche bei einer jungen Witwe logiere. Ob er der jungen Witwe wenigstens einräumte, über die vermietete Liegestatt einen neuen Ehemann ins gemeinsame Ehebett zu ziehen, verrät der gestrenge Herr Doktor nicht. Auch an anderer Stelle neigte der Werksarzt zu sanfter Gewalt. Die Küchen in den sonst sehr geräumigen und komfortablen Häusern der Werksiedlungen ließ er in voller Absicht winzig klein bauen, »um den in jeder Hinsicht verderblichen Aufenthalt der ganzen Familie in der Küche« während des Tages zu unterbinden. Niemand vermag zu vermelden, ob der Feldzug Grandhommes zur Bewahrung der Moral junger Witwen den ersehnten Erfolg hatte. Es steht jedoch zu befürchten, daß er endete wie die Verordnung der kleinen Küche. Diese wurden nämlich nach dem Tod des wackeren Doktors wieder in vernünftiger Größe gebaut.

Man könnte ein Buch über diese Rotfabrik schreiben, die schon nach zwanzig Jahren selbst die Ausmaße einer Stadt erreichte, und die alte Stadt Höchst aus allen Nähten – sprich aus ihrer winzigen Gemarkung – platzen ließ. Diese Bücher werden auch brav alle fünfundzwanzig Jahre, wenn wieder Jubiläumszeit ist, geschrieben. Der

geneigte Leser sei deshalb an dieser Stelle
auf die bisherigen Jubiläumsschriften
der Hoechst AG verwiesen, und wem
das zu sehr Schnee von gestern ist,
der mag bis zum Jahr 2013 warten. Dann
ist, wenn die Hütte noch steht, ein-
hundertfünfzigjähriges Jubiläum,
welches, sofern zwischenzeitlich kein
Nachruf nötig war, sicher mit einer
neuen Jubiläumsschrift abgefeiert wird.

Ein Löffelchen Farbe, 2 x täglich

Chronistenpflicht gebietet allerdings
noch, auf die Verwandlung der Farbenfabrik in ein richtiges Chemieunter-
nehmen in den achtziger Jahren hinzuweisen. Zuerst war man es leid, Vor- und
Zwischenprodukte Säuren, Laugen etc.
bei anderen einzukaufen. Also stellte
man sie selbst her. Und dann versuchte
man sich plötzlich bei den Arzneimitteln. Heilmittel aus Farbstoffdosen,
das klingt nach einem Treppenwitz der

Pharmaziegeschichte, aber, die Teerfarben wurden auch nur aus Versehen
erfunden. Eigentlich suchte deren
Erfinder, der Engländer Henry William
Perkin 1856 etwas ganz anderes, die
Synthese des pharmazeutischen Alles-
könners Chinin, das noch immer nur
aus der Chinarinde gewonnen werden
konnte. 1883 war es nun umgekehrt.
Man bediente sich seit längerem der
synthetischen Teerfarbstoffe, um Krank-
heitserreger unter dem Mikroskop
einzufärben und damit sichtbar
zu machen. Irgendein gelangweilter
Forscher schaute eines Tages seelenruhig
unter seiner Linse zu, wie die Farbstoffe
seinen Bakterien arg zusetzten. Sofort
setzte in dem Gelehrtenkopf ein kompli-
zierter Denkprozeß ein, der hier aus
patentrechtlichen Gründen nur sehr
vereinfacht und verschleiert wiedergege-
ben werden kann. Die deutsche
Forschung, die noch immer von der
Größe der vergangenen Tage lebt,
könnte sonst schwer geschädigt werden.
Wie wäre es also, dachte da dieser
Jemand, wenn ich bei meiner nächsten
Grippe einfach einen Löffel Höchster
Methylviolett zu mir nehme, um froh-
gemut und kerngesund das Krankenlager
verlassen zu können. So einfach war es
nun nicht, aber eine schmale Brücke
zwischen Farbstoffen und Arzneimitteln
spannte sich da schon.

In Höchst machte man sich ans Werk.
Als leuchtender Stern ging schon 1884
das Antipyrin[R] am Himmel der
hochwirksamen Arzneimittel auf. Das
war ein Riesenerfolg, der die Leiden
unzähliger Kranker lindern half. Doch
das ist nur die Sonnenseite der Erfolg-
story. Das erste Arzneimittel von
Hoechst hieß Kairin und hatte genau
die Wirkung, die normalerweise eintritt,

wenn Farbstoffchemiker sich an der
Mixtur von Arzneien versuchen. Das
Kairin war ein hochwirksames Mittel
gegen Fieber und grippale Infekte. Es
ließ seine segensreiche Wirkung jedoch
nur denen zuteil werden, welche
die Nebenwirkungen aushielten, d.h.,
welche die Einnahme überlebten. Das
waren auch in dieser Pionierzeit der
Pharmazie nicht genug, um das Mittel
als erfolgreich bezeichnen zu können.
Bei Risiken und Nebenwirkungen
fragen Sie ihren Koloristen oder Farbstoffchemiker. Doch lassen wir den
Höchster Forschern ihre Ehre. Das
Kairin verschwand so rasch, wie es
gekommen war aus den Regalen der
Apotheker und machte dem innerhalb
weniger Monate daraus weiterentwickel-
ten Antipyrin[R] Platz, mit dem die
großen Erfolge von Hoechst als Unternehmen der pharmazeutischen Industrie
begannen. Aus Fehlern schnell lernen,
auf Anforderungen der Märkte mit
überzeugenden Produkten zu reagieren,
das war das Erfolgsrezept von Hoechst
in diesen Tagen. Und so sollte es eine
Weile bleiben.

Wir haben uns nun völlig bei dieser
einen Firma verquasselt, als sei in
Höchst seit 1863 nichts anderes los
gewesen. Keine Bange, da war allerhand
los. Große Politik übrigens auch. 1866
war das Herzogtum Nassau noch vor
Erreichung der Altersgrenze von
Preußen in den Vorruhestand geschickt
worden. Es genügt, das bloße Datum
mitzuteilen, denn den Höchstern
scheint der abermalige Wechsel des Landesherrn nicht unter die Haut gegangen
zu sein. Im Herzen waren sie nie rechte
Nassauer geworden, im doppelten Wortsinn, denn ihnen war durch alle Zeiten
von ihren Herren mehr genommen

worden, als daß sie selbst einmal zulangen durften. Der politische Wechsel von 1866 berührte niemanden, am wenigsten die in Scharen zuziehenden Neubürger »aus aller Herren Länder«, die ohnehin nur kamen, weil hier für gute Arbeit gutes Geld gezahlt wurde. Mit den Preußen fielen aber auch einige Grenzen, vor allem der Wirtschaftsraum der Höchster Gewerbetreibenden weitete sich. Aus dem 2500-Einwohner-Städtchen, dem ländlichen Amtsort im Herzogtum Nassau, sollte bald die preußische Industriestadt Höchst am Main werden. Auch diese entstand nicht über Nacht. Wie sich jedoch das moderne Höchst, zunächst ein wenig unsicher, dann sehr zielstrebig auf seine Füße stellte, davon soll im nächsten Kapitel das eine oder andere gesagt werden. Soviel schon vorab. In den letzten hundert Jahren seiner Geschichte stand der Stadt Höchst noch einiges bevor.

Großmacht kommt vor dem Fall

Weit mehr als eintausend Jahre hatte Höchst schon unter seinem eigenen Namen auf dem Buckel, aber nun, nachdem die neuen Landesherren nicht nur in Höchst die Marschzahl bestimmten, sondern sich nach einem etwas zu glorreichen Feldzug in Frankreich auch noch mit dem Titel »Deutscher Kaiser« anreden ließen, kam es noch einmal ganz dicke. Aus dem Städtchen wurde eine Stadt, aus dem Kaff ein Zentrum der Region, aus Gewerbe wurde Industrie und aus dem Bauchladenbesitzer der Fabrikant. Ein paar Bemerkungen zu dieser Entwicklung wurden im vorangegangenen Kapitel ja schon fallengelassen, doch es tat sich noch einiges mehr. Die folgenden gut einhundert Jahre bis zu dem Tag, da der Leser dieses Buch in der Hand hält, sollten in Höchst die Verhältnisse noch einmal derart durcheinanderwirbeln, daß am Ende nichts mehr so war, wie es sich die braven Honoratioren am Ausgang des 19. Jahrhunderts, dem Ende der »guten alten Zeit«, einst vorgestellt hatten.

Höchst war ja nun preußisch. Mit Preußen verbindet der vielzitierte kleine Mann auf der Straße vor allem so eherne Begriffe wie Recht und Ordnung, umgesetzt in einer Verwaltung, deren bis zum Exzess pflichtreue Beamtenseelen den Dienst an der öffentlichen Ordnung zu einer neuen Weltreligion erhoben hatten. Doch Höchst war, ungeachtet der Sorgen des Pfarrers Siering, noch immer vom katholischen Kleinbürgermilieu geprägt und folgte den Glaubenssätzen der neuen Heilslehre nur sehr zögerlich, will heißen, von einer Stadtverwaltung preußischen Stils war bis zur Verpflichtung eines echten Preußen, des aus Pommern gebürtigen Bürgermeisters Dr. Georg Gebeschus im Jahre 1888, in Höchst nichts zu bemerken. Gewiß, die Höchster hatten das Revolütiönchen von 1848 genutzt, den allzu selbstherrlichen nassauischen Schultheißen Rüffer in den Tabak zu jagen und endlich eigene Bürgermeister wählen zu dürfen. Die neuen Häupter der Stadt waren jedoch biedere brave Honoratioren, deren Vorstellung von einer sparsamen Verwaltung in dem Grundsatz gipfelte, daß der am meisten spart, der gar nichts tut. Außerdem war der Job ehrenamtlich und wurde somit gerne am Feierabend erledigt.

Die feingeölte Verwaltungsmaschine

Das effektivste Element der Verwaltung war eine große Kiste, in die alles Papier, das durch Stempel oder Siegel irgendeinen amtlichen Charakter hatte, hineingeworfen wurde. Die Ähnlichkeit der ominösen Kiste mit einem Sarg war nicht zufällig. Wenn aber wider alle Regeln der Höchster kommunalen Regierungskunst ein in dieser Kiste beerdigter »Vorgang« zum zweiten Mal auf dem Tisch des Amtsgewaltigen benötigt wurde, dann setzte sich eine feingeschliffene Verwaltungsmaschinerie in Gang, welche den Nachweis zu führen suchte, daß auch eine nichtpreußische Verwaltungstradition zu höchster Effizienz sich aufschwingen konnte. Zuerst alarmierte der Polizeidiener Schwerzel seinen einzigen Kollegen in einer dem Rathaus nahen Wirtschaft.

Mit vereinten Kräften wurde die Amts-
kiste umgekippt, worauf der über den
Papierberg gleitende prüfende Blick des
Bürgermeisters entschied, ob etwas
Passendes, vielleicht gar der gesuchte
Vorgang, dabei war. War dem so, wurde
rasch und unbürokratisch entschieden.
War dem nicht so, wurde entschieden,
daß nichts zu entscheiden war.

Diese ohnehin schon ausgefeilte und
nahe der absoluten Perfektion angesie-
delte Verwaltungspraxis erreichte ihren
Höhepunkt in der Amtszeit des Bürgermeisters Peter Bied zwischen 1880 und
1887. Zwar gab es im neuen Rathaus, das
seit 1875 im Kronberger Haus angesiedelt war, weder Registratur noch solch
übertriebenen Luxus wie etwa Akten-
schränke, mit Ausnahme der Kiste
natürlich, aber man muß anerkennen,
daß sich doch einiges im Städtchen tat.

Kanalisation, Hafenanlagen, ein neues
Krankenhaus an der Hospitalstraße und
die Kasinoschule entstiegen der Rathaus-
kiste und wurden tatsächlich Wirklichkeit. Und was für ein Mann war Peter
Bied. Mehr als zweieinhalb Zentner
Lebendgewicht brachte er auf die Waage.
Was ihm aber bei seinen öffentlichen
Auftritten erst die wahre Statur eines
wilhelminischen Würdenträgers verlieh,
hatte der Stadt Höchst am Ende der
nassauischen Zeit durchaus keinen Vorteil beschert.

Es war im Krieg von 1866, kurz bevor
die Preußen kamen. Die hochgerüstete
nassauische Streitmacht stand bei
Höchst, Einquartierungen standen
bevor, und das war, wie man zu Höchst
seit Jahrhunderten wußte, eine sehr
teure Angelegenheit. Die wilden Krieger
hatten, da sie den ganzen Tag an der
frischen Luft nach dem Feind Ausschau
hielten, ein gehörigen Appetit, und dem
trug die staatliche Einquartierungs-
kommission Rechnung. Schon zum
Frühstück waren zwei Brötchen, Butter-
brot, Kaffee und Zucker vorgeschrieben.

Auf dem Mittagstisch sollten die Vaterlandsverteidiger Suppe, Gemüse, ein halbes Pfund Fleisch und einen Schoppen Bier vorfinden. Der pflichterfüllte Tag sollte am Abend mit Suppe, Salat, Fleisch und einem weiteren Schoppen Bier beschlossen werden. Da machten die Nassauer ihrem Namen alle Ehre und die Höchster ein langes Gesicht. So viel Vaterlandsverteidigung erschien ihnen als unerträgliche Belastung, also wurde eine Deputation der Stadt ins Ministerium nach Wiesbaden entsandt, um die Lasten der Einquartierungen zu mildern. Es machten sich Alexander Kunz, Franz Meder und der damals noch nicht als Bürgermeister amtierende Peter Bied auf den Weg, die nassauisch-herzogliche Regierung von der Not der Stadt zu überzeugen. Bürgermeister Andreas Adelon hätte sich besser selbst allein in den Zug nach Wiesbaden gesetzt. Als der durchaus milde gestimmte Minister der Höchster Deputation gewahr wurde, standen da sage und schreibe acht Zentner vor der landesherrlichen Obrigkeit. Aus, vorbei. Mit dem Satz: »Na, ganz so schlimm scheint's ja in Höchst noch nicht zu sein« wurden die Schwergewichte entlassen. Die Einquartierungen blieben. Bei einem opulenten, zur Tröstung eingenommenen Mahl im »Einhorn« in Wiesbaden kam Peter Bied dann die späte Einsicht: »Des hätte mer uns eigentlich denke kenne!«

Daß der schwerbelastete Peter Bied in seiner Zeit als Bürgermeister im Höchster Rathaus, das ihm weniger als Ort seiner Amtstätigkeit, denn als Aufbewahrungsort seiner umfangreichen Porzellan- und Altertumssammlung diente, Entlastung brauchte, wird auch dem verstocktesten Kritiker eines aufgeblähten Verwaltungsapparates klar sein. Es wurde also ein Bürgermeister-Adjunkt, ein juristisch geschulter Gehilfe namens Philipp Ziegler, eingestellt. Diesem drohte die raffinierte Höchster Verwaltungspraxis zum Verhängnis zu werden. Im Jahre 1889, Peter Bied war schon nicht mehr im Amt und obendrein verstorben, fand er sich fand er sich in Wiesbaden vor den Schranken des königlich-preußischen Landgerichtes wieder. Die Anklage lautete auf Vergehen im Amte, Betrug und Urkundenfälschung, jedes einzelne dieser Delikte im Amt im Verwaltungsstaat Preußen ein Verbrechen wider die Weltordnung. Doch die Einvernahme der Zeugen und die mit sicheren Beweisen unterlegten Schilderungen des gewesenen Bürgermeister-Adjunkten Ziegler wurden zum Waterloo für die bis dato als so erfolgreich angesehene Höchster Stadtverwaltung. Gearbeitet wurde im Höchster Rathaus eigentlich gar nicht, dafür bekamen die städtischen Bediensteten an Weihnachten ansehnliche Geldgeschenke aus der Stadtkasse, wenn gerade einmal ein paar Mark darin waren. Wenn Geld fehlte, bediente man sich bei den Feldgerichtsgebühren, wenn auch hier nichts zu holen war bekam Polizeidiener Schwerzel den Auftrag zu sehen, wo er welches auftreiben könne.

Da ist es auch kein Wunder zu hören, daß der Bürgermeister seinen Adjunkten ermächtigte, eingehende kommunale Gebühren einfach zu behalten oder nach Belieben zu verwenden. Eine wahrhaft flexible Verwaltungspraxis. Das sah allerdings der gestrenge Herr Landgerichtsrat nicht so. Er schrieb den Höchster Klägern ein vernichtendes Urteil und sprach den unglücklichen Ziegler, den die Verhältnisse im Höchster Rathaus fast um seine Gesundheit gebracht hatten, mit Glanz und Gloria von allen Vorwürfen frei. Das war zugleich das Ende des schönen alten Höchster Verwaltungsapparates. Als man am 22. Februar 1888 Georg Gebeschus zum Nachfolger des verstorbenen Peter Bied wählte, da müssen den Gemeinderäten, obgleich der Adjunkt Ziegler sein Urteil noch gar nicht kannte, schon die Ohren geklungen haben. Mit Gebeschus hielt ein in der Wolle gefärbter preußischer Verwaltungsjurist Einzug ins Höchster Rathaus, und mit ihm eine Ordnung in kommunalen Angelegenheiten, die die Höchstern nach all der Schlamperei gewiß Mores lehrte.

Es war höchste Zeit. Die rasch wachsende Industriestadt Höchst am Main platzte aus allen Nähten. Der ununterbrochene Zuzug von Industriearbeitern für die Farbwerke und die aus den Hinterhofklitschen aufgeblühten Möbel- und Metallwarenfabriken brachte viele Probleme mit sich, die zu lösen waren. Besonders der Bau von Wohnungen erforderte alle Anstrengungen. Und Wohnungen allein genügten nicht, das was man heute eine Infrastruktur nennt, damals aber noch als die heilige Dreieinigkeit von Schule, Kirche und Wirtshaus angesehen wurde, war im Rahmen der Daseinsvorsorge für die Höchster Neubürger von lebensentscheidender Bedeutung. Manches Problem blieb gleichwohl über Jahre hinweg unerkannt, bis eine Eruption die nackten Tatsachen der Öffentlichkeit um die Ohren schlug und die Gemüter erhitzte.

Geld gehört in die Wirtschaft

Am Samstag, dem 19. Mai 1894, erschien unter der Rubrik »Eingesandt« im

Höchster Kreisblatt ein längerer Artikel, unterzeichnet von den Häuptlingen des Indianerviertels. Darin führten diese beredte Klage über die Tatsache, daß der Bierdurst in ihrem Viertel ausschließlich durch einige Flaschenbierhändler, nicht aber durch die fürsorgliche Einrichtung einer Wirtschaft gestillt werde. Penibel wird da einer konzessionsunwilligen Stadtverwaltung vorgerechnet, daß in der Stadt Höchst zwar schon auf 330 Einwohner eine Wirtschaft komme, in ihrem, dem Indianerviertel aber, eine kleine Zunft von zehn Flaschenbierhändlern die gewaltige Zahl von 4000 Bewohnern mit dem geselligkeitsfördernden Getränk versorgen müsse. Sie mögen sich schon wie die Apachen in der Wüste von Arizona vorgekommen sein, die Indianer von Höchst. Also begehrten sie lauthals eine eigene Wirtschaft.

Die besagte Wüste von Höchst, in der, kaum bemerkt von den übrigen Einwohnern, sich ein Stamm mitteleuropäischer Indianer angesiedelt hatte, lag zwischen Leuna- und Ludwigshafener Straße, zwischen Adolf Haeuser und Gersthofer Straße. All diese Straßen und ihre Namen existierten um 1890 noch nicht, wohl aber einige Häuser um die heutige Raugasse, die auch erst ab ca. 1900 als Seilergasse erscheint. Hier, im freien Feld zwischen der Stadt Höchst und dem zu den Farbwerken zählenden Wohngebiet Seeacker, wohnten die durstigen Höchster Indianer. Offensichtlich hatten sie, die ihre Häuser in Selbsthilfe in der »Pampa« erbaut hatten, schon bald ihren Spitznamen von den Höchstern verpaßt bekommen.

Der Wunsch nach einer eigenen Gaststätte, einer richtigen Wirtschaft,

verhallte nicht ungehört. Aber diese Art von Resonanz hätten sich die verantwortungsbewußten Häuptlinge sicher nicht träumen lassen. Sie hatten vorsorglich mit allem gerechnet: einer uninteressierten Stadtregierung, einer trägen Beamtenbürokratie, sogar mit dem Vorwurf, eine neue Wirtschaft in diesem Arbeiterviertel werde den schlimmen Umtrieben der Sozialdemokratie Vorschub leisten, und das noch unter dem immer noch drohenden Schatten der Bismarckschen Sozialistengesetze. Doch nichts dergleichen geschah. Der Konflikt, der nun in seiner unbarmherzigen Schärfe losbrach, spielte sich nur in seinen auslaufenden Wellen in der Öffentlichkeit ab. Die entscheidenden Schlachten fanden in den heimischen Wohnzimmern der Betroffenen, im Indianerviertel selbst statt.

Am 23. Mai 1894 ging, wieder im Höchster Kreisblatt, schweres Geschütz in Stellung. »Die alten Häuptlingsfrauen«,

wackere und lebenserfahrene Matronen allesamt, rollten die Front ihrer Häuptlinge von hinten auf. Sollte es hier zu einer Wirtschaft kommen, so sei der letzte Zug aus der Friedenspfeife getan, werde das Kriegsbeil ausgegraben. Feuerwasser statt Flaschenbier im Wigwam werde man nicht hinnehmen. Und ebenso penibel wie vier Tage zuvor ihre Häuptlinge wiesen die Squaws nach, daß weder auf dem Seeacker noch im Indianerviertel jemals einer am Durst zugrunde gegangen sei. Die zweite Runde ging eindeutig an die holde und resolute Weiblichkeit.

Die erstaunte und vielleicht erschreckte Öffentlichkeit aus Höchster Bürgern und Stadtverwaltung mußte auf eine erneute Reaktion nur drei Tage warten. Das Imperium der Häuptlinge schlug am Samstag, dem 26. Mai 1894, wortgewaltig zurück. Aha, hinter den Häupt-

lingsfrauen wurde ein Flaschenbierhändler als Drahtzieher entlarvt, der um seinen wohlfeilen Profit fürchtete.
Dieser unheiligen Koalition aus Handel und Hausfrauen ging es nun mit glasharten und ausschließlich vernunftbegründeten Einlassungen an den Kragen. Wie reinlich waren denn eigentlich die Spülbecken der Flaschenbierhändler, wer kontrollierte ihre Sauberkeit. Es erklang das Hohe Lied der Bierzapfanlage und deren peinlicher Überprüfung durch die Polizei.

Angesichts solcher Argumente stockte der Streit. Selbst das Höchster Kreisblatt sah sich zu weiterer Berichterstattung nicht in der Lage. Vielleicht wollte man den Konflikt nicht weiter anheizen, hatte doch der Frankfurter Bierkrawall von 1873 bewiesen, daß man mit dem Gerstensaft in unserer Gegend nicht spaßte. Die Vereinigung der Flaschenbierhändler und alten Häuptlingsfrauen leistete noch einige Zeit Widerstand, mußte sich jedoch der Überzeugungskraft der weisen Häuptlinge beugen. In der Wüste sprudelte zwar kein Wasser, wohl aber der Zapfhahn in einer Bierwirtschaft. Ab etwa 1907 ist unmittelbar bei der heutigen Raugasse eine Wirtschaft nachweisbar. Sie hieß, wie könnte es anders sein, »Zum Indianer«.

Indianerviertel und Wirtschaft »Zum Indianer« bestehen noch heute. Die Namen haben sich verändert. Aus dem Indianerviertel wurde erst die Seilergasse und dann die Raugasse. Die Wirtschaft hieß bald »Zum Rossert«, benannt nach der Rossertstraße, die seit 1927 Leunastraße heißt. In den letzten Jahren hat sie häufiger den Namen und Besitzer gewechselt. Ihr äußeres Erscheinungsbild ist, wie das der Raugasse, durch

einhundert Jahre fast gleichgeblieben.

Ja, es wurde gerne ein Schoppen im alten Höchst getrunken. Und damit die Sauferei sich auf gehobenem Niveau abspielte, wurde die geneigte Öffentlichkeit regelmäßig vom »Höchster Kreisblatt«, das ja auch zugleich Amtsanzeiger für den Kreis Höchst war, unterrichtet. So belehrte am 22. Mai 1889, pünktlich zur Eröffnung der Gartenlokale unter dem vielsagenden Titel »Etwas vom Durst, vom Bier und vom Trinken« das Kreisblatt die Höchster, wie man denn an den bald heraufziehenden heißen Tagen eine vernünftige Überlebensstrategie aufziehen könne. Man zitierte zwar gleich zu Beginn den Kronzeugen des guten Geschmacks, Brillat-Savarin persönlich, die wahre Gesinnung des anonymen Verfassers zeigt sich jedoch schon in der nächsten Spalte, wenn er bedauernd feststellt, daß es im Höchst des Jahres 1769 für 807 Einwohner vierzehn Wirtschaften und dreizehn Brauereien gegeben habe, wogegen nun, im Jahre des Heils 1889 auf eine zehnfache Zahl von Einwohnern gerade mal die doppelte Anzahl von Wirtschaften käme. Sah der Fortschritt etwa so aus, daß einer steigenden Zahl von Dürstenden ein immer geringeres Angebot an Getränken und Schankhäusern gegenüberstand? Schließlich steckte den Höchstern noch der Schock von 1887 in den Knochen, als die Reblaus dem einst so ausgedehnten Höchster Weinbau für immer den Garaus gemacht hatte. Erst keinen Wein, und bald auch kein Bier mehr? Niemals! Man sieht, die Häuptlinge der trockenen Stadtquartiere waren wachsam, und auch die preußischste aller Obrigkeiten hätte da ein Einsehen gehabt.

Höchst e.V.

Das Jahr 1894 zog herauf, eines der bedeutenden Jahre der Höchster Geschichte. Nicht nur wurde am Main die Badeanstalt des Konrad Schindling eröffnet, während gleichzeitig dem Leiter des Krankenhauses, dem Herzspezialisten Dr. Paul Schwerin, ein gesundes Töchterchen geboren wurde. In der Abteilung Vereinsregister des Höchster Amtsgerichtes gingen abends die Lichter nicht mehr aus, und abgearbeitete, hohlwangige Beamte mit Ringen unter den Augen krakelten noch zu später Stunde Vereinsnamen in ihre Kladden. Es war Gründerzeit. Der Bayerische Club, der Schwabenverein, der Höchster Männergesangverein, die Rauchergesellschaft Blüthe und die Stübchengesellschaft traten ins Vereinsleben ein. Sie waren nicht allein. Nahezu unübersehbar ist die Zahl der Vereine in dieser Zeit. Selbstverständlich gab es jeden Verein dreimal und mehr, je nachdem, ob man papistisch, lutherisch oder gar sozialdemokratisch gesinnt war. Wer in diese Richtungen nicht hineinpaßte mußte dennoch nicht zu Hause bleiben. Die Freigeister, die Juden, die Handwerker, die Bildungshungrigen, sie alle hatten ihre eigenen Vereine, sogar die Stenografen hatten ihre verschiedenen Konfessionen, indem die einen Gabelsberger, die anderen Stolze-Schrey für die schnellste Schrift hielten.

In diesem bedeutenden Jahr 1894 mochten auch die Altertumsforscher nicht abseits stehen und gründeten einen eigenen Verein mit dem endlos langen Namen »Verein für Geschichte und Altertumskunde e.V. Höchst am Main«. Ein feiner Verein war das. Bürgermeister, Pfarrer, Apotheker und Fabrikherren erschienen zur Gründung, und im Vorstand war neben einigem Fachwissen die Crème der Stadt vertreten. Ein Museum wollte man gründen, eine Sammlung von Archivalien und Altertümern aufbauen, kurz, alles aufheben, was bis dahin weggeworfen worden war. Da der alte Krempel dann zwecks Anschauung einer interessierten Öffentlichkeit wieder zu Gemüte geführt werden sollte, kann man getrost von einem kulturhistorischen Recycling sprechen. Aber nicht nur dieses. In Vorträgen und Publikationen sollte den Höchstern ihre eigene Geschichte vor Augen geführt werden. Pfarrer Siering, natürlich mit von der Partie in dem neuen Verein, hatte dies in einem schönen Buch über seine Justinuskirche und die Geschichte von Höchst vier Jahre zuvor schon durchexerziert. Während aber im Geschichtsverein nun eine einhundertjährige Forschung sich in zahlreichen Büchern und Schriften bis hin zu dem abschließenden Werk, das der Leser gerade vor Augen hat, entfaltete, hatte das schlaue Pfäfflein mit seinem Interesse an der Höchster Geschichte ganz andere Hintergedanken, sehr zum Leidwesen seiner preußisch-protestantischen Obrigkeit.

Die geleimte Kultusbürokratie

In Höchst katholischer Pfarrer zu sein, war nicht nur ein Quell der Freude und der geistlichen Erbauung. Und das lag weniger nur am ungehemmten Zuzug der halbheidnischen Protestanten und dem damit verbundenen Absinken der Moral als an deren politischer Schirmherren. Schon zu nassauischer Zeit hatte die Regierung eine strenge Kirchenaufsicht durchgeführt; unter dem protestantischen Herzog hatten die katholischen Landeskinder und ihre Hirten nichts zu lachen, und die Prälatenbäuche wurden durch bescheidene Saläre auf einen bescheidenen Umfang begrenzt. Die Preußen aber waren noch schlimmer. Nach wenigen Jahren scheinheiliger Ruhe brach Bismarck, nicht wissend, daß er für das Jahr 1895 als Höchster Ehrenbürger vorgesehen war, den Kulturkampf gegen die katholische Kirche vom Zaun, in dessen Verlauf die Justinuskirche zeitweise ganz geschlossen und dem Pfarrer kein Gehalt mehr bezahlt wurde. Da kam allenfalls bei einigen sündigen Beichtkindern Freude auf. Einen richtigen Pfarrer bekam die Gemeinde erst wieder im Jahr 1886 bewilligt. Dessen Nachfolger wurde nur ein Jahr später mit Emil Siering ein Diener des Herrn, der den preußischen Staatsministern für Kultus und Finanzen auf fast zwanzig Jahre den Schlaf rauben sollte.

Zuerst leierte er dem preußischen Staat, der für Kirchenbausachen verantwortlich war, 1890/91 ein neues Pfarrhaus aus den Rippen. Das alte, der vordere Teil der ehemaligen Zehntscheuer, war auch wirklich ein gottserbärmlicher Schuppen aus Antonitertagen und stand mit löcherigem Dach kurz vor dem Einsturz. Da die Preußen nach dem unrühmlichen Ende des Kulturkampfes bei ihren katholischen Untertanen auf gut Wetter bedacht waren, spendierten sie dem Höchster Pfarrer in einem Anfall von Großzügigkeit ein schönes neues Pfarrhaus, in der irrigen Annahme, nun sei für lange Zeit Friede zwischen Staat und Kirche. Nicht so mit Emil Siering. Für den listigen Kirchenmann war das nur der erfolgreiche Aufgalopp für einen noch größeren Coup, den Neubau der

katholischen Pfarrkirche. Keine Frage, Platz beim Sonntagsgottesdienst war bitter notwendig. Der ungeheure Zuzug von Neubürgern, das rasche Wachstum der Industriestadt Höchst, hatte auch die Zahl derer mächtig ansteigen lassen, für die ein Sonntag ohne kernige Worte von der Kanzel keiner war. Die Protestanten hatten schon 1883 eine feine, viele Gebäude überragende Stadtkirche bekommen, einen Bau, der dem streitbaren katholischen Hirten wie ein Monument des Unglaubens vorgekommen sein muß. Da war, angesichts der unbestreitbaren Tatsache, daß die Justinuskirche tatsächlich beim sonntäglichen Hochamt kaum noch Luft zum Atmen bot, für Pfarrer Siering ein Kirchenneubau eine absolute Notwendigkeit.

Doch die preußischen Kultusbeamten erwiesen sich als hartleibig. Schöner Wohnen, ja. Aber so einfach aus Jux und Dollerei noch eine zweite katholische Kirche, wo doch die Protestanten auch nur eine hatten, das erschien ihnen als klerikaler Luxus. Man schacherte eine Weile um Raum für neue Kirchenbänke – auch ein sehr dubioser Anbau an die Justinuskirche wurde erwogen – dann hatte man voneinander die Nase voll. Nach einem erneuten Nein aus dem Kulturministerium eilte Pfarrer Siering 1894 vor die Schranken des Gerichts, freundlich belächelt vom preußischen Kultusminister, der wußte, daß ein solcher Prozeß gegen den Staat noch nie gewonnen worden war. Doch die Ministerialbeamten bekamen im Gerichtssaal kugelrunde Augen als sie sahen, was Pfarrer Siering an Beweismaterial auspackte. Mit Einwohnerzahl, Statistiken und einem Gejammere über die staatstragende Notwendigkeit einer größeren

Kirche in Höchst hatten sie gerechnet, darauf waren sie vorbereitet. Aber der schlaue Fuchs legte den staunenden Richtern lauter Altpapier vor, Urkunden bis ins 9. Jahrhundert zurück. Und besonders genüßlich rieb Hochwürden den fassungslosen Bürokraten unter die Nase, daß sie mit dem Klostervermögen der Antoniter 1803 auch gleichzeitig das Pfarrgut, das seit tausend Jahren auch der Versorgung der Gemeinde mit einem angemessenen Kirchenbau diente, eingesackt hatten. Das waren zwar die Nassauer gewesen, aber die Preußen waren seit 1866 deren Rechtsnachfolger und wollten dies wegen anderer Aktivposten aus dem Erbe auch bleiben. Sierings Forderung lautete ganz einfach: Entweder stellt der preußische Fiskus den katholischen Höchstern eine schöne neue Kirche hin oder er rückt das gesamte Antonitervermögen, insbesondere den ausgedehnten Grundbesitz, wieder heraus, zuzüglich Zinsen seit 1803 versteht sich. Das war eine Chuzpe, die einem rabbinischen Gelehrten oder einem armenischen Teppichhändler alle Ehre gemacht hätte. Auch die Richter konnten sich solchen Argumenten nicht verschließen. Nach einem Prozeß durch alle Instanzen verkündete schließlich das Reichsgericht im Jahre 1906 das bis heute gültige Grundsatzurteil im »Höchster Kirchenbauprozeß«. Der Staat hatte zu bauen. Pfarrer Siering allerdings betrachtete sich zu diesem Zeitpunkt den Rasen schon von der anderen Seite, wenn ihm nicht wegen seiner unbestreitbaren Verdienste weiter oben ein goldenes Stühlchen zurechtgerückt worden war. Die Maurer konnten kommen, und am 11. Juli 1909 wurde die neue katholische St. Josefskirche geweiht.

Lügen ohne rot zu werden

Es wurde überhaupt viel gebaut im damaligen Höchst. Die sich mausernde Stadt wollte um jeden Preis heraus aus ihrer als mittelalterlich empfundenen Enge, hinein in neue schöne Kleider, sich schmücken mit prachtvollen Bauwerken, die wie die Klunker an den feinen Klamotten der Neureichen den verblichenen Glanz einer vergangenen Zeit überblenden sollten. Gebaut wurde auf Teufel komm raus. In den neu zu erschließenden Stadtteilen baute sich das, was nun zum aufstrebenden Mittelstand zählen wollte, geräumige Geschäfte und Wohnungen hinter Klinkerfassaden mit Werkstein und allerlei monströsem Bildhauerkitsch. Jeder, der einen Stein zu bewegen in der Lage war, konnte sich beteiligen. Sogar die eben noch verachteten Juden durften sich an der Stelle des ihnen 1806 aus der Konkursmasse des Mittelalters überlassenen Badstubenturmes eine neue Synagoge bauen. Als ob sie gewußt hätten, daß dem ganzen Unternehmen kein Glück auf Dauer beschieden sein würde, zogen sie den Bau im Jahr 1905 von Mai bis Dezember so rasch es ging hoch und feierten am 14. Dezember des gleichen Jahres, schnell noch vor Weihnachten, damit sich die christlichen Mitbrüder nicht auf den Schlips getreten fühlen mußten, Einweihung. Da wurde in den Festreden gelogen, daß sich die frischen Balken des neuen Dachstuhls wie Schilfrohre im Winde bogen. Der israelitischen Kultusgemeinde wurde »als Festgabe das Versprechen der gesamten (!) Bürgerschaft im Beisein aller Konfessionen (überbracht), treu zu ihr zu stehen in der Betätigung wahrer Nächsten- und Menschenliebe«. Niemand unter den Anwesenden soll da rot geworden sein, auch diejenigen Festgäste nicht, die sich keine dreißig Jahre später, frisch gehäutet, nicht schämten, sich im Bewußtsein ihres Herrenmenschentums am Schicksal ihrer entrechteten Mitbürger zu laben, die in den nächsten Jahren stolz die Arisierung der Geschäfte ihrer ungeliebten Konkurrenten verkündeten, und die sich auch nicht schämten, ihre 50jährigen Geschäftsjubiläen noch 1988 großartig und öffentlich zu feiern. Das Ende dieser Synagoge durften die meisten Angehörigen der glückwünschenden Bürgerschaft von 1905 noch erleben (und manche sogar tatenfroh dabei mithelfen), in ihrer Verblendung nicht ahnend, daß die Flammen vom 9. November 1938 schon bald ihrer eigenen kleinbürgerlichen Scheinidylle kräftig einheizen würden.

Der Dom auf der Schloßterrasse

Aber nicht nur Josefskirche, Wohnquartiere und Synagoge wurden gebaut. Wie gesagt, es war Gründerzeit, so sehr, daß man mit dem Gründen kaum nachkam. Und die Pläne erst. Manchmal muß die Stadtväter allzusehr der Größenwahn befallen haben, wenn man sich ansieht, welche Projekte sie in ihren Schädeln zu Gärung ansetzten. Höchst war zwar mit seinen 324 Hektar Gemarkung klein, und die Bebauung hatte um 1900 kaum noch ein freies Fleckchen übriggelassen, aber man hatte mitten in der Stadt ein wahres Filetstück an Grund und Boden, und dies gedachte man zu Beginn des neuen Jahrhunderts mit wilhelminischer Großmannssucht auf Vordermann zu bringen. Es handelte sich um das Höchster Schloß, besser, um das, was davon übrig war.

1865 hatten sich die Gründer der Farbwerke schon das neue Schloß, den komfortableren Teil, als günstige Zweitwohnung bei ihrer neuen Fabrik an Land gezogen. Die Preußen machten dann 1866 dem Mainzoll ein unrühmliches Ende, und seitdem war das Schloß nur noch ein halbbewohnbarer Trümmerhaufen, der dem Fiskus schwer auf der Tasche lag. Während aber der preußische Finanzminister dies bitter zu beklagen hatte und ihm mit dem sich abzeichnenden Ende des Höchster Kirchenbauprozesses weitere Summen aus der Tasche gezogen zu werden drohten, zeichnete sich gerade in der Kirchenbaufrage wenigstens eine Teilentlastung des Fiskus durch eine Nutzung des Schlosses ab. Im Jahre 1902 kursierten Pläne zwischen Höchst, Wiesbaden und Limburg, die den Neubau einer katholischen Kirche just auf der Höchster Schloßterrasse vorsahen.

Und was für ein Bauwerk! Einen wahren Dom, eine Kathedrale wollte man dorthin stellen, wo heute zur Schloßfestzeit die Gebetbücher Henkel haben und froher Gesang die Kirchenmusik in der nahen Justinuskirche zu übertrumpfen droht. Nein, bescheiden waren die Planer der neuen Kirche nicht. Zwei mächtige Westtürme, ganz wie beim Limburger Dom, sollten vom Schloß in den Mainbogen hinein grüßen.

Da konnten die Frankfurter mit ihrem einen Domturm einpacken, und auch dem alten Mainzer Erzbischof Otgar aus dem 9. Jahrhundert würde man noch tausend Jahre später zeigen, wie man eine Kirche effektvoll auf dem hohen Höchster Mainufer inszeniert. Auch bei den weiteren Vorbildern griff man tief in die Vorratskiste bedeutender Sakralbauten. Die Choranlage wurde der berühmten Basilika St. Apollinare in

Classe aus dem 6. Jahrhundert, aus dem Ravenna des Germanenhelden Theoderich des Großen nachgebildet. Um den konfessionellen und nationalen Ausgleich zu wahren wurde das mächtige Querhaus mit seinen drei Kuppeln der Johannesbasilika des byzantinischen Kaisers Justinian I. in Ephesus entnommen, des großen Widersachers vom alten Theoderich. Es wäre grauenhaft geworden, der alte Schloßturm vielleicht als mickriges Treppentürmchen der Sakristei, die Justinuskirche als Votivkapellchen im Schatten des Höchster Münsters übriggeblieben. Der noch nicht entschiedene Kirchenbauprozeß und andere Pläne haben das Monstrum gnädig verhindert.

Großmachtträume

Doch es ist der Fluch der bösen Tat, daß sie weitere gebären muß. Kaum waren die Pläne für den Höchster Dombau Makulatur, drohte dem Schloß neues Ungemach. Die Höchster Ratsherren warfen ihre Blicke auf den durch das Kirchenprojekt geadelten Bauplatz. Schon lange suchte man ja nach einem neuen schönen, dem Ansehen der wachsenden Industriestadt entsprechenden Rathaus. Das Kronberger Haus, erst 1875 bezogen, platzte nach der erzwungenen Verwaltungsreform unter Bürgermeister Gebeschus aus allen Fugen. Schon 1900, als die Kirchengemeinde begann, dem Schloßgelände schöne Augen zu machen, hatten sich die Stadtväter auf dem Gelände des Kronberger Hauses eine baureife Planung für ein neues Rathaus vorlegen lassen. Auch hier feierten Größenwahn und Maßlosigkeit fröhliche Triumphe. Doppelt so hoch wie die Nachbarhäuser sollte der in aufgeblasenem Renaissancestil mit ein paar Tropfen unausgegorener Gotik geplante Verwaltungspalast das umgebende Stadtquartier überragen, genauso wie das 1896 auf der gegenüberliegenden Seite mitten in das alte Antoniterkloster hineingehämmerte Wohnhaus. Ein wahrer Palazzo Protzi sollte den alten Höchster Marktplatz entlang der Bolongarostraße, die damals noch ganz schlicht Hauptstraße hieß, zieren. Innen wäre es sicher nicht weniger prunkvoll zugegangen, doch aus dem Projekt wurde nichts.

Man möchte meinen, daß sich Bürgermeister und Stadtväter zur rechten Zeit so altpreußischer Tugenden wie Sparsamkeit und Nüchternheit besonnen hätten. Nicht so unter Wilhelm Zwo, der für solches Bestreben seinen Staatsdienern zwar Orden um den Hals hängte, höchstdieselben aber eher der großen Geste und dem hohlen Pomp verpflichtet war. Was dem fernen Kaiser recht, war den Höchstern allemal billig. Und wenn der in einem Schloß residierte, dann konnten sie das schon lange. Kaum war also die Schnapsidee vom Dom auf der Schloßterrasse aus den dafür zuständigen Köpfen verdunstet, erschien eines Morgens der Architekt Claus Mehs auf dem Areal und begann tiefe Löcher zu graben. Was er in den Löchern fand, Mauern, Steinbrocken und natürlich den unvermeidlichen geheimen Gang, allerdings ohne die Schätze der Vorzeit und das sie eifersüchtig bewachende Skelett, trug er brav in viele Pläne ein. Nach ein paar Tagen schüttete er die Löcher wieder zu, ging nach Hause und begann zu zeichnen. Als Architekten gelang ihm das mit feiner Präzision, und da er auch noch durch Heirat der Schwiegersohn des bekannten Bezirkskonservators – heute sagt man etwas profaner Denkmal-

pflegers – Ferdinand Luthmer geworden war, nahm seine Zeichenkunst eine eigentümliche Richtung. Die Mauerbrocken im Boden verband er durch Striche, diese zog er derart nach oben, daß bald ein stattliches Gebäude entstand. Ein gewaltiges Dach mit hohen verschnörkelten Giebeln hatte das, diese wiederum wurden von Türmen überragt, unter denen, welche Überraschung, sich der gute alte Höchster Schloßturm wiederfand. »Schloß der Erzbischöfe von Mainz zu Höchst am Main – Muthmaßliche Gestalt im Jahr 1600« schrieb er unschuldig an den Rand seiner Zeichnung. Doch wer steckte hinter dem Aufwand? Die Blätter eines langen Berichtes, den er der Zeichnung beigab, als Feigenblätter nutzend, ließ er endlich die Hosen runter. Sauber hatte er da in Mark und Pfennig den Wiederaufbau des Schlosses kalkuliert: als Rathaus der Stadt Höchst. Schau an, Magistrat wie Stadtverordnete, Rechte wie Linke, der Bürgermeister vornweg wollten es also ein wenig fürstlich. Einmal der liebe Herrgott sein, und wenn es dazu nicht reichte, wenigstens ein Treppchen tiefer in der Rolle seines einstmals leitenden Angestellten, des Erzbischofs von Mainz. Ja, an Selbstbewußtsein gebrach es ihnen nicht, den Höchster Stadtvätern und Honoratioren, und sie sahen schon ihre Untertanen im Schloßhof demütig die Mütze vor ihnen ziehen. Nach dem Dom von 1902 nun das Schloß von 1905. Und man nahm bei der Begründung kein Blatt vor den Mund: »Wie die kräftig aufblühende Industrie der Stadt Höchst zu einer führenden modernen Großmacht sich aufgeschwungen hat, so wäre die Einverleibung des Schloßberings ... eine stolze Verkörperung gesunder Lebenskraft.«

Heilix Blechle, was für Töne. Höchst als Großmacht, sieh an. Gesunde Lebenskraft, solche Vokabeln, wenn auch aus schlichtem Architektenmund, lassen Schlimmes ahnen. Der Leser ist Zeuge, die Höchster hatten nun mehr als tausend Jahre eins oder auch mehrere auf die Rübe bekommen, waren immer der Fußabtreter der durchwehenden Weltgeschichte gewesen, allenfalls brav geduckte Zuschauer, und nun? Kaum wurde hier ein paar Jahre lang einmal gutes Geld verdient, war ein Anflug von Wohlstand im Werden, da wollte man schon Großmacht sein und sich die dazu passenden Denkmäler bauen. Da fehlten nur noch Kolonien, oder darf es etwas Lebensraum im Osten sein? Wem der Herr schaden will, dem nimmt er vorher den Verstand. An dem muß man bei der Höchster Stadtverwaltung dieser Tage zwar zweifeln, aber gottlob, ganz so weit war es noch nicht. Die Sache wurde denn doch zu teuer.

Als dann noch der damals völlig verlotterte Bolongaropalast der Stadt scheibchenweise angeboten wurde, griff man in einem unerklärlichen Anfall von vernunftgemäßem Handeln zu. Von 1907 bis 1909 wurde nun in dem alten Handelshaus gewerkelt und gestrichen. So ein bißchen war der Laden ja auch als Schloß zu bezeichnen, auch wenn an Fürstlichkeiten nur der nicht ganz rassereine Kaiser Napoleon I. gerade mal eine Nacht darin verbracht hatte. Aber immerhin, man richtete sich gemütlich ein, und den damaligen Restauratoren und Handwerkern gebührt noch heute ein großes Lob. Schließlich war der noble Palast am Ende des 19. Jahrhunderts völlig parzelliert und zu solch adäquatem Etablissements wie einer Bronzefabrik und einer Weinhandlung

degeneriert. Damit sei nichts gegen Schlosser oder gar den Weinhändler Eckl gesagt, nur die Kapelle hätte er fünf vor zwölf im Jahre 1894 nicht unbedingt herausreißen müssen, um seinem gehobenen Sufflädchen den nötigen Platz zu verschaffen. Daß er acht Figuren von Evangelisten und Hausheiligen der Bolongaros paritätisch der evangelischen Stadtkirche und der Justinuskirche schenkte, wo sie noch heute (wieder) zu sehen sind, zeugt zwar von der Vorsicht des Handelsmannes, der es sich mit keiner Fakultät verderben will, macht jedoch den angerichteten Schaden nicht rückgängig. Der folgende Ausbau durch die Stadt Höchst rettete immerhin den oberen Teil der Kapelle, der, als Sitzungssaal der Stadtverordneten, statt Gottes Wort von nun an die sehr viel profaneren kommunalpolitischen Vorstellungen seiner Geschöpfe vernahm. Der Bürgermeister residierte, fest in der Tradition des alten Peter Bied, im ehemaligen Schlafzimmer der Bolongaros, und alle, die den Bolongaropalast mit seinem schönen, der Öffentlichkeit zugänglichen Garten betraten, hatten das Gefühl, daß es die Höchster doch irgendwie zu etwas gebracht hatten. Das Höchster Schloß aber erwarb 1908 der wahre Herrscher von Höchst, der Generaldirektor der Farbwerke, Gustav von Brüning.

Nein, zum Erwerb von Kolonien reichte es zum Glück nicht, und die Großmacht Höchst mußte auch bis in das hitzige Jahr 1917 warten, aber über die Grenzen schaute man wohl. Man mußte dies tun, es gab keine Wahl. Seit etwa 1900 platzte Höchst aus allen Nähten. Das bißchen Grund und Boden der eigenen Gemarkung war weitgehend verbraucht. Auf der Pfingstweide, der ehemaligen Allmende, um deren Nutzung man sich mit den Sossenheimern so oft gekloppt hatte entstand, da auf den sauren und feuchten Wiesen ohnehin kaum gebaut werden konnte, der Höchster Stadtpark. Der Bürgermeister Viktor Palleske hat sich hier ein nützliches schattenspendendes Denkmal gesetzt und seinem Namen überdies eine schöne, dorthin führende Straße verdient. Aber man brauchte mehr. Das Oberfeld war zwar noch nicht verbaut, aber verplant, und die Farbwerke waren immerhin schon mit ihrem Heimchen in die Unterliederbacher Gemarkung gegangen und bauten kräftig an ihrer Zeilsheimer Kolonie. Das konnte sich eine Möchtegerngroßmacht wie Höchst nicht bieten lassen. In begehrlicher Weise umwarb man die benachbarten, an Flur so reichen Gemeinden. Doch diese, bauernschlau und derb auf ihren eigenen Vorteil bedacht, zierten sich wie die Klosterschülerinnen. Erst 1917, als eh alles schon fast vorbei war, gaben sie dem stürmischen Werben der Höchster nach und ließen sich eingemeinden. Voller Stolz trug das Höchster Stadtoberhaupt nun den Titel Oberbürgermeister, vom Kaiser, dem solcherlei Tun in den letzten Kriegstagen die einzige ihm gebliebene Beschäftigung war, persönlich verliehen. In Erinnerung an bessere Zeiten und in Verkennung der Tatsache, daß das Ende nahe war, nannte man sich nun »Groß-Höchst«. Hochmut kommt vor dem Fall.

Wilhelminisches

Doch da sind wir der Zeit doch ein bißchen vorausgeeilt. Ein wenig Wilhelminisches der angenehmeren Art, bevor die Höchster von der Weltgeschichte wieder einmal eingeholt und unsanft aus ihren Großmachtsträumen herausgerissen werden, gibt es schon zu berichten. Da ist erst einmal S.M. persönlich, Wilhelm Zwo, der Großsprecher einer ohnehin schon vorlauten Nation. Majestät müssen Höchst geliebt haben, denn mehrmals hat er es mit seiner Huld beehrt, einmal allerdings etwas unfreiwillig. Beim erstenmal hielt er sich den Pöbel aus der Fabrikstadt noch von der Jacke. Anläßlich eines Kaiserbesuches 1894, auf Schloß Friedrichshof

in Kronberg, bei der ungeliebten englischen Mama, geruhten S.M., die Krieger- und Militärvereine Aufstellung nehmen zu lassen. Da Höchst in diesen glorreichen Zeiten gleich deren vier besaß, durften eine stattliche Anzahl Höchster Krieger dem markigen Preußen Aug in Aug gegenüberstehen. Die wackeren Männer müssen ihn beeindruckt haben.

Siebzehn Jahre später versuchte er inkognito, das reizende Städtchen auf seinem Weg von Wiesbaden nach Bad Homburg zu erkunden. Ein gewaltiger Donnerschlag mit anschließendem Gewitter und Wolkenbruch vereitelte die Heimlichtuerei. Arg gebeutelt und gerupft suchten S.M. und sein Gefolge im Hauptkontor der Farbwerke Zuflucht. Und wie immer ist keiner der leitenden Herren im Haus, um dem Kaiser die nötige Ehrerbietung zu erweisen. Keiner? Da sei Hauptportier Peter Dietzler vor, der, da im demokratischen Amerika geboren, auch nicht von Majestäten aus der Fassung zu bringen war. Er geleitete die Herren ins Haus und bewahrte auch noch Haltung, als ein einschlagender Blitz die Fabrik abzufackeln drohte. Selbst der herbeieilende Dr. Epting ließ die Flammen lustig lodern, als er des Kaisers gewahr wurde. Was ist schon eine chemische Fabrik gegen den Händedruck eines Kaisers. Da sind heutige Landesminister doch sehr viel niedriger angesiedelt. Heute wird zuerst gelöscht und dann dem Herrn Minister die Referenz erwiesen, und das scheint dem dann auch wieder nicht recht zu sein. Jedenfalls fühlte sich Wilhelm Zwo in den Farbwerken wesentlich wohler als manche seiner politischen Erben. Der Hauptportier Dietzler erzählte natürlich noch seinen Enkeln von dem Händedruck

eines leibhaftigen Kaisers. Ein bißchen stinkig war er aber doch. Schließlich hatte er die unverhoffte Situation gemeistert und dem Kaiser ein Dach über dem strammgezwirbelten Schnurrbart verschafft. Den fälligen Roten Adlerorden 4. Klasse erhielt jedoch nicht er, sondern der zufällig aufkreuzende Dr. Epting. Undank ist eben auch bei Majestäten der Welt Lohn. Er tröstete sich damit, daß ihm der Kaiser auf seinen weiteren Wegen durch Höchst freundlich zuwinkte. Vielleicht hat er auch nur die Mücken von seiner Haarpomade vertrieben. Den Dietzler wird es trotzdem gefreut haben. Noch einmal, im Jahr 1913, suchte Kaiser Wilhelm II. die Höchster heim, nun aber offiziell. Die Schulchöre sangen, was die dünnen Stimmchen hergaben, wieder nahmen die Kriegervereine Haltung an, und die Honoratioren schwitzten vor Aufregung. Natürlich wurden Majestät das neue Prunkstück, das Rathaus im Bolongaropalast, vorgeführt, in der bangen Hoffnung, daß er nicht gar zu aufwendig ausgefallen sei. Doch wir wissen schon, Wilhelm II. war eitlem Tand nicht abgeneigt. Majestät haben sich anerkennend geäußert. Dann verschwand er, zuerst aus Höchst und bald darauf aus der Weltgeschichte.

Die Beherrschung der Luft und der Lüste

Zum Abschluß, bevor der erste große Krieg das so strahlend heraufgezogene 20. Jahrhundert verdunkelt, gilt es noch zweier Männer zu gedenken, denen Höchst zeitweise Heimat bzw. Arbeitsstätte war. Der eine endete als der letzte Arsch, verkannt und vergessen, der andere erhielt den Nobelpreis. Sie haben sich nie kennengelernt, haben doch etwas gemeinsam: den Dickschädel, der dem einen zwar den Erfolg einbrachte aber die Anerkennung versagte, den anderen aber zum Schutzengel der Sünder werden und bis zur Zierde eines Zweihundertmarkscheins gelangen ließ.

Ätsch, Erster …

Lassen wir dem armen Hund, der bei seinem Tod im Jahr des ersten Ozeanfluges 1927 seiner Frau ein selbstgebautes Haus und ein Vermögen von acht Dollar hinterließ, den Vortritt. Gustav Weißkopf wurde zwar nicht, wie ein Buch seiner Tochter über seine Pioniertaten berichtet, in Höchst sondern im fränkischen Leutershausen geboren, aber er hat hier gelebt und gewohnt. Er wohnte mit seinen Eltern im alten Porzellanhof in der Wed 13, später Wed 11, ging hier zur Schule und kann eigentlich nur in Höchst, wo man so hochfliegende Vorstellungen hatte, seinen Traum vom Fliegen entwickelt haben. Auf jeden Fall wollte er hoch hinaus. Doch, wie gezeigt, Höchst war zwar ein guter Nährboden für wolkennahe Ideen, deren Realisierung aber waren deutliche Grenzen gesetzt. Also wanderte Gustav Weißkopf aus, nach Brasilien und später in das gelobte Land aller Pioniere, was immer sie vorhatten, nach Amerika, den USA versteht sich. Und dort, genauer gesagt bei Bridgeport, Connecticut, erhob sich der ehemalige Höchster Schuljunge und Tagelöhner in der Morgendämmerung des 14. August 1901 zu dem wahrhaft ersten gesteuerten Motorflug der Weltgeschichte über eine Strecke von 2500 m in die Lüfte, so berichteten es der »New York Herald«

und »Boston Transcript« unter dem Datum des 19. August 1901. Jetzt haben wir ihn, denkt der Leser, und kann, bewaffnet mit der unbestechlichen Autorität des »Brockhaus«, dem Verfasser dieser Zeilen den ersten Fehler und damit einen eklatanten Bruch seines im Vorwort gegebenen Versprechens nachweisen. Alles gelogen. So schrien auch

die Gebrüder Orville und Wilbur Wright, denen nicht nur der »Brockhaus« unter dem 17. Dezember 1903 den ersten Motorflug der Luftfahrtgeschichte anhängen will. Doch der Wahrheit die Ehre, auch wenn wir uns mit den hier vorgetragenen Tatsachen gegen einhundert Jahre Geschichte der Luftfahrt stemmen müssen, Gustav Weißkopf war der erste. Und außerdem, was sind die 50 Meter Flugstrecke der Gebrüder Wright gegen den Langstreckenflug von zweieinhalb Kilometern mehr als

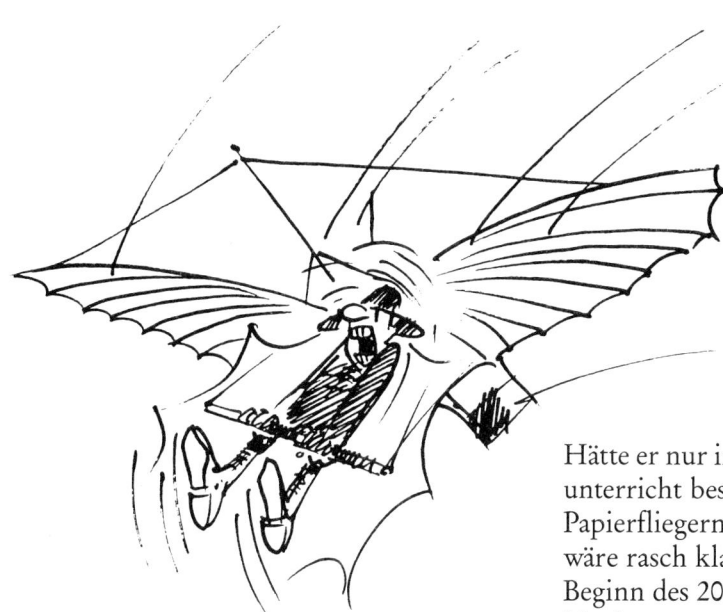

zwei Jahre zuvor. Da zeigt sich doch der wahre Flugpionier.

Doch Gustav Weißkopf haben seine Taten kein Glück gebracht. Er konnte seine selbstgebauten Motoren präsentieren, seine Flugmaschinen kreisen lassen, nichts brachte ihm die ersehnte Anerkennung. Zumindest auf dem Gebiet der Eigenwerbung und der Public Relations waren ihm die zu spät gekommenen Gebrüder Wright um Längen voraus. Ob es am Namen lag. Daran sollte es nicht scheitern, und so erscheint Gustav Weißkopf bald als Gustav Whitehead. Ein Grund war sicher auch, daß deutsche Namen mit Beginn des 1. Weltkrieges in den USA und anderen Weltgegenden ziemlich unbeliebt wurden. Wir wollen den Amerikanern keine Ausländerfeindlichkeit unterstellen, sie haben ja ihre eigenen Neger, aber im Streit Wright vs. Whitehead, der sogar vor die Schranken der Gerichte brandete, zog der arme Einwanderer aus Höchst zumindest im Bewußtsein der breiten Öffentlichkeit den kürzeren.

Hätte er nur in der Schule im Geschichtsunterricht besser aufgepaßt, statt mit Papierfliegern um sich zu werfen. Ihm wäre rasch klargeworden, daß auch am Beginn des 20. Jahrhunderts die Höchster nur selten auf der Siegerseite standen, wenn Weltgeschichte, und sei es nur in der Luft, im Spiele war.

Verdammte Lust

Auch der andere, der Erfolgreiche und Nobelpreisträger, sollte an seiner Erfindung nicht nur Freude haben. Auch er war, wie Gustav Weißkopf, kein geborener Höchster, auch zur Schule ging er ganz woanders. Aber er kam hierher, um zu arbeiten. Wo, natürlich in den Farbwerken, d.h., er arbeitete nicht im, sondern mit dem Unternehmen zusammen, denn er war schon ein bedeutender Forscher und hatte in Frankfurt a.M. ein eigenes feines Labor mit vielen Mitarbeitern. Paul Ehrlich interessierte sich – pfui – für die Geschlechtskrankheiten, genauer gesagt, für die Syphilis, gegen die seit nunmehr vierhundert Jahren kein Kraut gewachsen war. Der Streit, ob sie von Kolumbus 1492 aus Amerika eingeschleppt wurde oder mit venezianischen und genuesischen Galeeren aus dem Orient kam, interessierte ihn dabei überhaupt nicht.

Er suchte nach einem Heilmittel gegen eine delikate Krankheit, von der ein wesentlicher Teil der Bevölkerung, allen voran die Studentenschaft, durchseucht war. Gewiß, man dokterte schon von Anbeginn an der Lustseuche, wie die Folge nächtlicher und außerehelicher Freuden genannt wurden, herum, aber die Heilerfolge der barbarischen, eines Doktor Eisenbart würdigen Quecksilberkuren waren etwa so, als ob man einem, der sich beim Einschlagen eines Nagels auf den Daumen gehauen hatte, den Arm amputierte. Will heißen, wen die Syphilis nicht schnell genug ins Irrenhaus oder unter die Erde beförderte, der verstarb halt an einer Quecksilbervergiftung. Vom moralischen Standpunkt war das auch viel erfreulicher, denn wer die Syphilis nicht gerade von seinen Eltern ererbt hatte, den ereilte sie als eine Folge der Sünde wider das Fleisch (und eines der zehn Gebote). Da war es doch besser, während der Wartezeit auf das ewige Seelenheil mit einer Quecksilbervergiftung im Sarg zu liegen als später mit dem Stigma des sexuellen Exzesses und der Unmoral vor den Richterstuhl des Herrn treten zu müssen.

Wie gesagt, derlei Gedankengänge beschäftigten den Forscher Paul Ehrlich nicht. Er war ein Arzt, den es zur Chemie gezogen hatte, weil er hoffte, hier die Unterstützung für seine Anliegen als Mediziner zu finden. Für ihn war die Syphilis keine Frage der Moral, sondern eine Krankheit, die zu heilen war. Im Juni 1909 gelang ihm in der Sandhofstraße 42 in Frankfurt zusammen mit dem Japaner Sahashiro Hata und weiteren Mitarbeitern im 606. Versuch die Herstellung einer Substanz, die sich in ersten Versuchen als hochwirksam gegen den Syphiliserreger erwies. Seit der Jahrhundertwende schon pflegte Paul Ehrlich eine enge Zusammenarbeit mit den Farbwerken in Höchst am Main. Als Frucht dieser engen Partnerschaft brachten die Farbwerke alsbald, im August 1910, das 606. Präparat unter dem Namen Salvarsan heraus und Ende des Jahres in den Handel. Pünktlich zu Weihnachten wurde den Abertausenden von Syphiliskranken ein diskretes, aber heißersehntes Päckchen für den Gabentisch präsentiert. Sie werden sich heftig, aber auch etwas verstohlen gefreut haben. Es mußte ja nicht jeder wissen, mit welch peinlicher Pein man die ganze Zeit behaftet war.

Den Segen für die Menschheit mochte nicht jeder als solchen anerkennen. Von den Hütern der Moral und auch von mancher Kanzel kamen donnernde, furchterregende Worte. Stand doch in der Bibel 5. Mosis 28; 22: »Der Herr wird dich schlagen mit Hitze, Brunst, Dürre, giftiger Luft, Gelbsucht. 22: »Der Herr wird Dich schlagen mit Drüsen Ägyptens, mit Feigwarzen, mit Grind und Krätze, daß du nicht kannst heil werden.« Auch der alte Jesaias hatte in Jes. 3; 24 gedroht: »Es wird ein Gestank sein, statt guten Geruchs.« Da mochte Sacharja nicht abseits stehen, obwohl er im Gegensatz zum großen Isaias nur zu den »kleinen« Propheten zählte. In Sach. 14; 12 fand er die dennoch großen Worte: »Und das wird die Plage sein, damit der Herr alle Völker plagen wird, so wider Jerusalem gestritten haben: Ihr Fleisch wird vermodern, während sie noch auf ihren Füßen stehen; ihre Augen verfaulen in ihren Höhlen, und ihre Zungen verwesen in ihrem Mund.« So sahen nicht nur die Propheten das

Briefe des Inhalts, daß man wünsche, daß »mit Zuhilfenahme aller Kräfte und Instanzen gegen die Unzucht gekämpft wird; und dabei sind mir alle vermeintlichen Heilmittel ein Ärgernis, weil sie noch dazu beitragen können, die Gewissensanregungen und die Vorsichtsmaßnahmen, die der Lüstling sich selber gibt, beschwichtigen zu helfen.« Die Geschlechtskraft sei dem göttlichen Willen entgegen, hieß es da von einem weiteren Hüter der Moral. Und logisch: Würde sie sonst so furchtbar bestraft werden? Guter Rat wurde gleich mitgeliefert: Der bei vielen fast unbezähmbare Drang zum anderen Geschlecht und zu den Freuden verbotener Lust könne leichter überwunden werden, wenn man den Alkohol meide, kein Fleisch verzehre, dessen narkotische Gifte, Bestein und Kreatinin, ungeheuer anreizend auf die Genitalien wirkten. Fehlt nur noch das kalte Duschen, der fürsorgliche Rat aller Religionslehrer bis Oswald Kolle. Fürwahr, eine Diskussion auf wissenschaftlich hohem Niveau.

Wer so an den Grundfesten der Weltordnung rüttelt, muß der verdienten Strafe zugeführt werden. In die Rolle des öffentlichen Befürworters einer Verdammnis Paul Ehrlichs und seines in Höchst hergestellten Salvarsans schlüpfte Karl Wassmann, der sich in Frankfurt schon jetzt in dem Sumpf wohlfühlte, aus dem bald das tausendjährige Reich keimen sollte. Denn grobe antisemitische Töne gegen den Juden Paul Ehrlich, die später dem »Stürmer« gut angestanden hätten, bestimmten schon jetzt ganz wesentlich den Tenor der Kritik gegen Paul Ehrlich. Im Mai 1914 kam es in Frankfurt zu dem berühmten Salvarsan-Prozeß, an dessen Ende allerdings Karl Wassmann sich ein Jahr

Schicksal derer, welche den zehn Geboten nicht den schuldigen Respekt erwiesen, diese Worte waren auch die Zuchtrute der Hüter der Moral. Und die sollte ihnen nun von einem Forscher, einem Juden gar, so einfach aus der Hand geschlagen werden.

»Die Syphilis«, so verkündete der 'Christliche Hausfreund', »ist als ein Gottesgericht über die Unzucht zu betrachten, das durch keinerlei menschliche Mittel entkräftigt wird.« Und die Farbwerke in Höchst erreichten böse

Knast wegen Beleidigung einhandelte. Dem Salvarsan sagte schon bald niemand mehr ein böses Wort nach. Im Gegenteil, in so mancher Kirche, unweit der Kanzel, von der die Syphilis als gerechte Strafe des Herrn gepriesen wurde, brannten still einige Kerzen, die von dankbarer Hand dem Juden und seiner Forschertat angezündet wurden.

Wenn es dem Esel zu wohl wird …

Soweit die »gute, alte Zeit«. So gut war sie weiß Gott nicht mit den Höchstern umgesprungen, aber der Mensch verfügt neben seinen vielen weiteren Schwächen vor allem über die Gabe der Vergeßlichkeit, und die hilft, gerade in weiter zurückliegenden Zeiten, das Unliebsame auszusondern oder, wenn es gar nicht anders geht, zu verklären. Das Angenehme bleibt und verhilft klugen Leuten, mehr noch denen, die sich dafür halten, festzustellen, daß heute auch nicht mehr alles so ist wie es einmal war. Wie immer man zu dieser Weltensicht stehen mag, ab dem Jahre 1914 hatten diese Leute sicherlich recht. Es kam wieder einmal knüppelhart, nicht nur für die Höchster, und die Mitte des kurz zuvor noch so enthusiastisch willkommen geheißenen 20. Jahrhunderts sollte deutlich überschritten sein, bis sich die Menschheit, wenigstens in unserer Gegend, so einigermaßen darauf besann, daß es sich ohne Krieg, Not, Leid, Mord und Terror auch ganz angenehm leben läßt. Doch scheint es so zu sein, daß der Mensch allzulange Perioden des Glücks und des Wohlstandes einfach nicht verkraftet. Die einhundert Jahre seit den Revolutionskriegen und den folgenden Metzeleien des ersten Napoleon waren

zu lange gewesen. Wenn es dem Esel zu wohl wird, geht er aufs Glatteis. Es begann nun eine Zeit, die beim besten Willen nicht mehr als vergnüglich bezeichnet werden kann. Und wenn doch einmal Grund zu Frohsinn gegeben schien, dann blieb einem bei näherem Hinsehen schnell das Lachen im Halse stecken. Wir haben es ja bald hinter uns, dieses fatale 20. Jahrhundert, und es ist zu befürchten, daß es im Brennspiegel der Geschichte in einer ganz unangenehmen Weise der blutigen und brutalen Epoche des dreißigjährigen Krieges gleichen wird.

Dabei fing es doch so schön an. Seit einhundert Jahren, seit Blüchers scheinbar so fröhlichen Befreiungskriegen, hatten die Höchster keinen Krieg mehr aus der Nähe erlebt. Der Krieg von 1866 verklärte sich in der Erzählung bald zu der unblutigen und der Komik nicht entbehrenden Schlacht auf der Kemeler Heide, und der Krieg von 1870/71, aber hören Sie mal, das war doch ein militärischer Spaziergang, mit Sedan als besonderer Attraktion. Auch hier waren die frühindustriellen Massenschlachtereien von Thionville/Mars-la-Tour und Gravelotte/St.Privat vergessen und verdrängt, die Typhus- und Choleraepidemien, die Wundbrandtoten unter den Soldaten soweit verschwiegen, daß sie im fünfbändigen offiziellen Generalstabswerk über den glorreichen Feldzug gerade mal zwei Seiten einnehmen, obwohl ihnen mehr Soldaten zum Opfer fielen als den Kanonen und Bajonetten des dritten Napoleon. Psychisch so gerüstet, also glänzend motiviert, dabei nur nach Strich und Faden beschissen, so marschierten auch die Höchster in schimmernder Wehr gegen den Erbfeind. Man hatte es eilig im August 1914, schließlich wollte man ja Weihnachten wieder zu Hause sein und von seinen Heldentaten erzählen.

Fast wäre das auch passiert, nicht wegen der großen Siege der ersten Wochen, deren Bedeutung man an der Liste der Gefallenen ablesen konnte, sondern weil die klugen preußischen Generäle vergessen hatten, Schießpulver einzukaufen. Für Sprengstoff braucht man nämlich Salpeter, und den gab es nur aus dem fernen Chile. Weil aber der andere Erbfeind, die Engländer, das perfide Albion, die Küsten blockierten, kam nichts mehr rein. Man muß ein wenig zweifeln, ob es gut war, daß pünktlich zum Kriegsausbruch zwei Chemiker, Fritz Haber und Carl Bosch, das nach ihnen benannte Verfahren zur Gewinnung von Stickstoff und damit Salpeter aus der Luft entwickelten. Vielleicht hätten mit einer Niederlage zur rechten Zeit ein paar Höchster (und mit ihnen Millionen andere) ihre Rente in Frieden genießen können, anstatt auf den Schlachtfeldern zu verbluten. So erreichten, ausgehend von der BASF in Ludwigshafen, bald auch die ersten Salpetertürme die Farbwerke in Höchst und taten das ihre, den Krieg zu verlängern. Und obgleich der Salpeter ebenso gut als Dünger für die Landwirtschaft taugt wie er Menschenleben verkürzen kann, verhinderte die Erfindung doch nicht den Hungerwinter 1916/17, den Steckrübenwinter, der auch um Höchst keinen Bogen machte. Nein, es genügt, auf diese, die schlimmen Seiten des Krieges hinzuweisen, alles andere ist in dieser Zeit von nebensächlicher Bedeutung. Da bleibt einem noch nicht einmal das Lachen im Halse stecken, denn es will gar nicht erst aufkommen.

Der Krieg setzte sich nahtlos fort mit einer Serie von katastrophalen Ereignissen. Die alte Ordnung brach völlig zusammen, was nicht schade gewesen wäre, wenn die neue, trotz aller guten Vorsätze, auch nur einen Deut besser gewesen wäre. Sie war es nicht, konnte es auch nicht sein, da so gut wie alles gegen die Stabilisierung einer neuen Ordnung lief. Putschversuche, Rheinlandbesetzung, als deren Folge zwischen Höchst und Frankfurt eine fast hermetisch abgeschlossene Grenze verlief, Ausweisungen eines jeden, der auch nur ein Wort der Kritik gegen die Besatzer wagte. Aber, seien wir ehrlich, die Franzosen benahmen sich zwar so hochnäsig, wie es nur aufgeblasene hohlköpfige Militärs sein können, sie drangsalierten die Bevölkerung in der kleinlichsten Weise, aber sie verhielten sich genauso. wie sich die alldeutschen Spießbürger in Frankreich gerne benommen hätten. Auge um Auge, Zahn um Zahn, nur daß aller Augen mit Blindheit geschlagen waren und die Zähne den Höchstern recht unsanft gezogen wurden.

Die Nachgeburt auf dem Oberfeld

Nach dem Krieg sollte dann alles besser werden. Der Kaiser war zwar nach Holland getürmt, nicht ohne in einer stattlichen Reihe von Eisenbahnwaggons ein schönes Vermögen mitgehen zu lassen, aber eigentlich versuchte man doch, die gute alte Zeit wieder auf- und weiterleben zu lassen. In Höchst, der ja auch in den schlechtesten Zeiten nicht ganz armen Industriestadt, fand man hierfür ein geeignetes Instrument, die Stadtplanung. Mit ihrer Hilfe wollte man jedermann unter die Nase reiben, welch großartige Ideen den Verantwortlichen in Höchst durch die Köpfe schwirrten. Es gab ja das immer noch nicht ganz bebaute Oberfeld, seit 1917 durch die Feldgemarkung von Unterliederbach, das in diesem Jahr mit Zeilsheim und Sindlingen eingemeindet worden war, erheblich erweitert. Hier wurde nun eine komplette Stadt geplant, mit Schulen, Kirchen und allem, was dazugehört. Zur gleichen Zeit hatte man schon in der Altstadt versucht zu zeigen, wie nach Meinung der Höchster Stadtplaner, dem Vermessungsrat Rohleder und dem Baustadtrat Wempe, eine moderne Stadt auszusehen habe. Die ganze Altstadt nördlich der Bolongarostraße wollten die beiden Herren platt machen. Zwischen Dalberger Haus und Königsteinerstraße wäre kein Holzbalken eines Fachwerkhauses mehr übrig geblieben. Dafür sollte dann zwischen Wed und Hilligengasse eine Arkaden gesäumte Prachtstraße quer über die Trümmer hinweg auf eine Markthalle in der Form eines Landesmuseums zulaufen. Wenn die Inflation und der schwierige Grunderwerb nicht dazwischen gekommen wären, der Neu-Höchster Paradeplatz hätte einem Gauforum einer nur wenig späteren Zeit alle Ehre gemacht.

Diese Probleme gab es auf dem Oberfeld nicht. Hier konnte man nach Herzenslust planerische Sandkastenspiele veranstalten. Nur die französischen Besatzer spuckten den vom Bauwurm Besessenen in die Suppe, in dem sie partout eine neue Kaserne, Kommandantenhaus, Offizierswohnungen und sogar eine eigene Klinik haben wollten. Was nicht zu ändern war, mußte eingeplant werden, und so wurde die Kaserne ganz modern als Schulzentrum der neuen Stadt auf dem Oberfeld konstruiert, das Krankenhaus neben die schon bestehenden Kliniken gesetzt, und die Villen und Wohnhäuser würde man später schon in die Wohnbebauung der Neustadt integrieren. So weit so gut. Auch die soziale Konzeption stimmte. Großzügige moderne Wohnungen sollten um parkartige Innenhöfe herumliegen. Alleen, Parks und viele grüne Flecken um die öffentlichen Bauten sollten für Auflockerung und Wohnqualität sorgen. Aber die Pläne, die Gestaltung der Häuser, man traut seinen Augen nicht. Fast dreihundert Jahre nach der Stadtanlage von Versailles, zweihundert Jahre nach dem Bau der Barockstadt Karlsruhe, als Ernst May und Mart Stam im nahen Frankfurt die neuen Wohnungen unserer Zeit, die Hellerhofsiedlung und die Römerstadt, hinstellten, zeichnete man in Höchst Hausfassaden, als sei Napoleon I. noch nicht geboren. Lange Radialstraßen sollten auf das Stadtschloß, respektive die Kasernenschule hinlaufen, überall Tempelfronten, genutete Sockelbauten, Dachsilhouetten wie bei einem bayerischen Barockkloster. Und das auch noch in einer stumpfsinnigen Reihung ohne jede Akzentuierung.

So groß hätten die vielen Büsche und Bäume gar nicht werden können, die das alles zudecken sollten. Da schien wirklich jemand die Zeit zurückdrehen wollen, aber selbst in der Architektur gelingt das zum Glück nur selten. Die Krisen zu Beginn der zwanziger Jahre zögerten das Projekt lange hinaus. Als man dann loslegen konnte, wurden der Hauptfriedhof, die Kaserne und das französische Krankenhaus im Stil der »Wempe-Tempel«, wie der Volksmund dessen Handschrift in den Bauten charakterisierte, errichtet. Die Toten und die Besatzer nahmen es hin. Die wenigen in diesem Stil errichteten Wohnbauten zwischen Krankenhaus und Amtsgericht, am reinsten in der Paul-Schwerin-Straße zu bewundern, fielen noch nicht auf. Und dann wurde Höchst von diesem architektonischen Alptraum durch die heraufziehende Weltwirtschaftskrise und das abschließende Ereignis seiner eigenständigen Geschichte und Entwicklung, die Eingemeindung nach Frankfurt am Main, erlöst.

Der Großmacht Höchst ging es wie so vielen anderen in der Weltgeschichte: eben noch der Griff nach der Weltherrschaft und unversehens findet man sich als drittes oder fünftes Glied an der goldenen Uhrkette anderer wieder. Aber dies all denen, die seit 1928 an der Klagemauer sitzen oder an den Wassern Babylons die verlorene Freiheit beweinen, zum Trost. Es zeigt sich gerade in der langen Geschichte von Höchst, daß es oft besser ist, geduckt im Graben zu verweilen, während andere, aufgeblasen vom Atem der Geschichte, nach den Sternen greifen. Die kommen alle wieder runter und freuen sich, wenn die, die schon im Graben (oder im Dreck?) sitzen, zusammenrücken, um den Gestürzten ein Plätzchen frei zu machen.

Träumen wir also nicht zu sehr, schauen wir lieber, was eigentlich los ist, denn noch immer spuken in den Köpfen der Höchster zu diesem Thema die abenteuerlichsten Vorstellungen herum.

Der Weg in die Knechtschaft

Während die Höchster Stadtväter, nach der kurzen Zwangspause zwischen Versailler Vertrag und Inflation, ihren Visionen von einem Groß-Höchst ungebrochen nachhingen, merkten sie nicht, wie ihnen die Stühle unter den Rathinterteilen einfach weggezogen wurden. Das bewirkte eine der nie verstandenen Grundlehren der Geschichte, sofern man aus ihr überhaupt etwas lernen kann. Kriege sind immer nutzlos und teuer. Verlorene Kriege sind noch nutzloser, also noch teurer. Und bezahlt werden alle Arten von Kriegen immer von denen, die sie gar nicht angezettelt haben, weshalb die eigentlich Schuldigen mit vollem Recht weiterhin glauben dürfen, daß Kriege eben doch nützlich und gewinnbringend sind, und wenn sie nur vorhandene Arbeitsplätze sichern und die überflüssigen abbauen helfen. Will man nun den Weg von den Kriegsgewinnlern bis zu den armen Säcken, die das alles bezahlen müssen, nachvollziehen, muß man streng nach den Gesetzen der Logik vorgehen; schlaue Leute nennen das, eine Kausalkette bilden. Die Kausalkette für die Eingemeindung von Höchst nach Frankfurt ist einfach, denn sie reicht nur zweiundsechzig Jahre zurück. Alte Leute hätten sich damals durchaus an alles erinnern können.

Im Jahre 1866 wurden die Freie Stadt Frankfurt und das nassauische Provinznest Höchst von Preußen eingemeindet, d.h. mitsamt ihren Staatswesen annektiert. Zugleich begann damals der Größenwahn Preußens richtig auszutreiben und gipfelte – welch unheilige Parallele – in der deutschen Einigung von 1871. Fortan fürchteten Preußen, Deutsche, Höchster und Frankfurter nur noch den lieben Gott und sonst nichts auf der Welt. Als man auch den nicht mehr fürchtete, stürzte man sich, mit den profunden Erfahrungen von

1866 und 1870/71 im Rücken, in das Kriegsabenteuer von 1914. Eine erste Zwischenbilanz beim angeblichen »Friedensschluß« von 1918 ergab scheinbar nur, daß man nicht mehr so viele Herren auf der Straße zu grüßen hatte, weil sie zwischen Verdun und der Somme sich anderweitig zur Ruhe gelegt hatten. Die nächste Bilanz wies dann schon kräftige Gewinnentnahmen seitens der Sieger aus, und die vorläufige Abschlußbilanz von 1924, die Inflation, zeigte dann, daß auch das Grundkapital durch die Kanonenrohre hinausgejagt worden war. Letztere beiden Tatsachen hießen für die Industrie, daß ihre Monopolstellungen auf den Weltmärkten, mit Marktanteilen etwa bei Farbstoffen und Arzneimitteln von über 90 Prozent, nun allenfalls noch eine Angelegenheit für die Firmenchroniken war.

Aufgepaßt lieber Leser, jetzt klingelts. Farben und Pharma, das hat doch etwas mit Höchst (oder Hoechst, aber das ist in diesem Moment egal) zu tun. Davon lebten doch hier die Leute ganz ordentlich und – auf dem daraus zu ziehenden Steueraufkommen basierten doch auch die Blütenträume der Höchster von Großmacht und Groß-Höchst. Genau so war es. Die Farbwerke hatten, wie die gesamte deutsche Industrie, den Krieg schön mitverloren. Die Werke im Ausland sackten die Sieger ebenso ein wie die Patente. Es war noch ein Glück, daß sie nicht so recht kapierten, wie sie letztere in Produktionsverfahren umsetzen sollten. Da erging es ihnen wie den Eunuchen, sie wußten zwar, wie es geht, aber sie konnten es nicht. Dennoch sank die Exportquote in der chemischen Industrie in vielen wichtigen Bereichen von rund neunzig Prozent auf fünfzig Prozent Marktanteile. Dieses

Geld fehlte schmerzlich in den Kassen. Die Unternehmer, etwas schlauer als Generäle und Politiker hatten das Manko schon 1916, mitten im Krieg, als die Zahlen in den Listen der Gefallenen die Bilanzsummen übertrafen, kommen sehen. Man hatte sich in der chemischen Industrie schon damals zu einer Notgemeinschaft, der sog. »Kleinen I.G.« zusammengetan. Aber das reichte nicht. 1925 schlossen sich, unter wesentlicher Beteiligung der Höchster Farbwerke, die wichtigsten Unternehmen der chemischen Industrie Deutschland zur »I.G. Farbenindustrie AG« zusammen. Was den Erhalt der Farbwerke mit bewirken sollte, hatte für die Stadt Höchst einige wenig bemerkte, aber fatale Folgen.

Kehren wir wieder zu der Kausalkette zurück. Krieg, Krieg verloren, bezahlen, soweit waren wir. Jetzt kam die Frage, wer denn konkret zu bezahlen hatte. Die Höchster natürlich. Denn die neue I.G. Farbenindustrie AG wählte als ihren Firmensitz Frankfurt a.M.. Dort wurde nun der Löwenanteil der Firmensteuern entrichtet, Beträge, die den Gemeinden an den alten Standorten natürlich fehlten. Auch mancher vermögende leitende Angestellte zog nun fort, und auch diese Tatsache entlockte den kommunalen Kassen nur noch ein müdes, blechernes Klingeln. Reden wir nicht drumherum, aber 1925 war Feierabend, war es wieder vorbei mit dem reichen Höchst. Mit den großartigen kommunalen Entwicklungsprojekten fuhr man mit geblähten Segeln geradewegs in die Pleite. Der kluge Stadtkämmerer und vorletzte Höchster Bürgermeister Bruno Asch war einer der wenigen, die kapierten, was das bedeutete, als Höchst noch träumte. Schon

Pleite abzuwenden war. Sie wollten also fünf vor zwölf gegen die große Metropole Frankfurt wieder einmal anstinken, die braven Höchster. Sie wollten selbst eingemeinden und so etwas attraktiver werden. Sie wollten Offenbach spielen und genau wie der südöstliche Nachbar – ebenfalls mit einer Chemiefabrik gesegnet – Dorn im Fleisch der hochnäsigen Frankfurter sein. Doch die längst angefahrene Walze der laufenden Ereignisse war nicht mehr zu stoppen. Unter dem Zwang der Verhältnisse und mit einem in letzter Minute ausgegrabenen Vorrat an Bauernschläue taten die Höchster einfach so, als seien sie die großzügig Gebenden und luchsten dem ob so viel Unverschämtheit völlig verdutzten Frankfurter Magistrat einen derart günstigen Eingemeindungsvertrag ab, daß sich keiner wundern muß, wenn dieser bis heute nicht erfüllt ist.

Da wurde, wie immer bei Vertragswerken, bei denen die Partner haargenau wissen, daß die Wirklichkeit ganz anders ist, wieder einmal das Blaue vom Himmel heruntergelogen und Geschenke versprochen, die selbst die eichenen Gabentische im Höchster Rathaus zum Bersten gebracht hätten. In Wahrheit schrieben, unter vielsagendem Grinsen ihrer neuen Frankfurter Herren, die Höchster Stadtväter mit ihrem »Kommunalen Programm« nur noch einmal einen Besinnungsaufsatz über Projekte und Vorstellungen aus den besseren Tagen von Höchst. Es wär so schön gewesen, es hat nicht sollen sein. Insofern ist alle Aufregung, damals wie heute, in Höchst und Frankfurt, leeres Geschrei und nutzloses Gejammere. Wenn die beiden Stadtverordnetenversammlungen im März 1928 beschlossen hätten, daß der Papst zum Großmufti

1927 lag der Stadtverwaltung eine genaue Aufstellung darüber vor, was alles nicht mehr ging. Die drohende Pleite bildete einen der Fundamentsockel für die Eingemeindung. Den zweiten bildeten unverhohlene Zentralisierungstendenzen in der preußischen Staatsbürokratie und den dritten der – also doch – gefräßige Appetit der Stadt Frankfurt auf die Gemeinden an seinen Stadtgrenzen. Dem setzte Höchst seinen eigenen Appetit entgegen, in der ziemlich naiven Hoffnung, so viel schlucken zu können, daß damit die drohende

von Jerusalem mit dem Recht zur Nachfolge Lenins ernannt werden sollte, hätte das etwa die gleichen Auswirkungen gehabt. Im mittleren Afrika fällt derweil ein Sack Hirse um.

Der Lohn der Unfreiheit

Und was hat uns die Eingemeindung gebracht? Nichts was nicht schon immer, seit eintausend Jahren, dagewesen wäre: Das Gefühl, der verkannte Juniorpartner der Metropole zu sein, den ewigen Ärger mit der immer noch hochnäsigen Frankfurter Stadtregierung und eine wie eh und je nie ganz fertige, verlotterte und belastete Stadt Höchst. Doch halt, da ist ja noch die Brücke, die Soda-Brücke, weil sie nur so da steht und außer einer etwas überteuerten Parkplatzzufahrt zu nichts nütze ist. Steht die nicht im Eingemeindungsvertrag, wurde um sie seither nicht endlos, unter Schmähungen und mit einer selbst für die Krönung der Schöpfung unfaßbaren Dummheit gestritten? Die Brücke ist das schönste Denkmal der Eingemeindung und sollte baldigst, geadelt durch Festreden, Marmortafeln und jährliche Gedenkstunden schleunigst offiziell zu einem solchen erhoben werden. Überflüssig ist sie, wie ein Blick in ihre Entstehungsgeschichte beweist, sowieso.

Schon im Jahre 1887, lange vor der Eingemeindung, wollten die aufstrebenden Höchster eine Brücke. Der lahme Fährmann mit seinem wurmstichigen Kahn war ihnen nicht mehr gut genug. Es wurde beantragt, geprüft, genehmigt und bestritten. Dann schlief die Sache ein, und die Höchster bekamen 1904 eine neue Hochseilfähre. Die würde selbst noch heute genügen, wenn nicht die sattsam bekannten Wirrungen in den Köpfen einiger Verantwortlicher unbedingt etwas – kostenträchtig – neues erfordert hätte. Als den Höchstern dann die unabwendbare Eingemeindung drohte, zuckte die Möchtegerngroßmacht im Todeskampf noch einmal auf und wollte, wie dargelegt, durch eigene Eingemeindungen den Frankfurtern das Wasser abgraben. Auf der territorialen Wunschliste stand auch, zwecks Erbauung einer neuen Südstadt, das Schwanheimer Unterfeld. Logisch, das man zu dessen sinnvoller Nutzung einer Mainbrücke in Verlängerung der Königsteinerstraße bedurfte. Nur, die Schwanheimer wollten nicht und ließen sich lieber direkt in das attraktivere Frankfurt eingemeinden. Somit blieb das Schwanheimer Unterfeld unbebaut, und die Brücke war sinnlos geworden, bis zum heutigen Tag. Nicht für die Höchster Klotzköpfe. Eh man sich's versah, fand sich diese völlig hirnrissige Brücke im Eingemeindungsvertrag wieder und diente seither als Knüppel, um den Frankfurtern immer wieder eins über die Birne zu ziehen. Und diese, keinen Deut klüger – man hatte nicht umsonst die gleichen Vorfahren, – siehe Prolog – ließen sich tatsächlich den Schädel weichklopfen.

Anfangs waren sie zäh. Straßenbahn, Hallenbad, Markthalle, einzusehende Wünsche, die auch ohne Eingemeindungsvertrag sinnvoll waren, wurden den Höchstern, zwar nicht ganz freiwillig, aber eben doch bewilligt. Zur Realisierung der unsinnigen Brücke bedurfte es denn doch einer politischen Kurzschlußhandlung. Zuvor gehörte es schon zum jahrelangen Ritual der Höchster Schloßfeste, daß der Frankfurter Oberbürgermeister beim

Montagsfrühschoppen im Festzelt den
endgültigen Baubeginn der Brücke im
kommenden Herbst verkündete.
Schließlich schrien, nicht nur im Festzelt, alle Höchster unisono »Die Brick
muß bei«. Doch war das nun wirklich
kein Grund, ein solches Versprechen zu
halten. Die Höchster waren nichteinge-
haltene Zusagen Frankfurts ohnehin
gewohnt und gerne bereit, auch ohne
Brücke ihre Zukunft zu meistern. Doch
dann geschah das Unfaßbare. Wild aus
der Hüfte feuernd, in die Ecke gedrängt,
von einer Abwahl bedroht, die so sicher
war wie das Amen in der Kirche,
schickte ein scheidender Oberbürgermeister die Bagger. Das war richtig
gemein. Man kann schöne Träume auch
dadurch zerstören, daß man sie ganz
einfach erfüllt. Und so geschah es, die

Lawine rollte, die Katastrophe, und
damit die Geldverschwendung in einer
vor dem Konkurs stehenden Stadt
Frankfurt war nicht mehr aufzuhalten.
So steht sie denn da, »so da«, das Denkmal friedvoller Einheit zwischen Höchst
und Frankfurt. Über eine fast alltägliche
Unfähigkeit einer vernünftigen kommunalen Planung hinaus ist sie wahrhaft
ein Denkmal, ein Klotz in der Gegend,
der zum Denken anregt, eines Tages
vielleicht sogar diejenigen, die dafür
bezahlt werden. Doch sie ist auch ein
Bauwerk der menschlichen Unvoll-
kommenheit, wie die Kiste des Bürgermeisters Peter Bied, letzten Endes
symptomatisch für die lange Geschichte
des selbständigen Dorfes und der Stadt
Höchst. Schließen wir auch bei Betrachtung dieses Falles mit einem Augen-

zwinkern, einem Lächeln, jede andere
Sichtweise führt nämlich unweigerlich
zu Magenschmerzen. Die Geschichte
von Höchst endet hier nicht, dazu mag
der Epilog einige unschöne Hinweise
geben, wohl aber der Zeitraum, in dem
die Bürger und Stadtväter dieser Stadt
ihre Angelegenheiten selbst, in eigener
Verantwortung in Unordnung bringen
konnten. Seit 1928 löffeln die Höchster
Suppen aus, die ihnen von anderen
eingebrockt werden, lediglich die Ver-
salzung und Überwürzung von eigener
Hand ist ihnen noch möglich, wird
aber gerne genutzt. Aber die Höchster
haben bis jetzt alle Bauchschmerzen ver-
wunden.

Epilog

Es mag unbefriedigend erscheinen, im Jahr 1994 eine Geschichte von Höchst vorzulegen, die schon 1928, also zwei Generationen zuvor, endet. Daran sind aber die Höchster selbst schuld. Wenn man in dem Vorhaben, eine heitere Geschichte von Höchst zu schreiben, beim Jahr 1933 ankommt, bleibt einem das Lachen schnell im Halse stecken. Von wegen, bei uns war ja nichts, wir leben doch nicht auf dem Mond. Gestehen wir uns, gerade nachdem wir bei den vorangegangenen Seiten vielleicht einmal herzlich gelacht haben, doch ein: die 43 Prozent, vom Mitläufer bis zum Obergauner, die bei den letzten halbwegs demokratischen Wahlen im März 1933 ihre Stimme den neuen braunen Machthabern gegeben haben, lebten auch in Höchst. Gewiß, auch in dieser schlimmen Zeit war nicht jeder Tag grau, die Menschen lebten und lachten, genauso wie wir auch heute unseren heiteren Frohsinn nicht verlieren, obwohl sich nebenan, im ehemaligen Jugoslawien, die Menschen abschlachten. Aber wenn man zu mancher Episode aus dieser Zeit das Gesicht verzieht, dann ist es ein makabres Lachen, denn die Freude blieb nicht lange ungetrübt.

Braune Straßenschilder in Höchst

So zum Beispiel bei der Betrachtung eines «Helden der Bewegung», des Josef Bleser aus Höchst, dessen kurze Karriere ihn zuerst in die braunen Ruhmeshallen und dann auf den Misthaufen der Geschichte führte, während seine Tochter schon auf den ersten in Höchst erscheinenden amerikanischen Panzern mit den neuen Herren eine Stadtrundfahrt durchführte. Ist es ein Witz, daß Josef Bleser ausgerechnet am Rosenmontag 1933 vor dem katholischen Schwesternhaus in der Kasinostraße – seitdem selbstverständlich Josef Bleserstraße – im Suff erschossen wurde, nach dem er zuvor in einigen Höchster Kneipen all denen, die von den neuen Machthabern noch nicht so überzeugt waren, ein großes Maul angehängt hatte. Ach ja, die Straßennamen. Wer weiß denn schon, daß bis zum heutigen Tage zwei Straßen in Höchst den ihnen von den Nazis verpaßten Namen tragen. Herbesthaler und Elsenborner Straße klingen ja auch so unschuldig, nur daß sie im deutschsprachigen Belgien liegen und nach 1933 zusammen mit einer Eupener und einer Malmedy-Straße ihren Namen erhielten, damit auch dem letzten Höchster klar war, was demnächst mit Gewalt heim ins Reich zu holen war. Die an Eupen und Malmedy erinnernden Straßen taufte man natürlich 1945 schleunigst wieder um, die beiden anderen blieben ungeschoren. Pikanterweise säumten sie die Residenz der Befreier, die amerikanische McNair Kaserne.

Sie mochten ihre Straßennamen so gerne, die Höchster. Mehr aber noch tat dies die Frankfurter Kommunalbürokratie, der die Höchster nun so nahe waren. Wie anders als mit tiefsitzender Zuneigung für den großen Mann kann man es erklären, wenn bis zum Ende der achtziger Jahre der Weg an der Tillylinde, wo Tausende im Sommer die Fähre besteigen, ganz offiziell, rechtmäßig, durch Kataster und Grundbuch abgesichert, nach Adolf Hitler benannt war. Ganz verstohlen hat man das geändert. Er hat ja auch so viel für Höchst getan. Kein Wunder, daß ihm die Anhänger in Scharen zuliefen. Einer hatte sogar noch die Mitgliederkartei der christlichen Gewerkschaften unter dem Arm, so eilig hatte er es. Die Gestapo wird sich über das Mitbringsel gefreut haben. Er wurde in dem neuen Reich mit einem guten Posten belohnt. Der gute Mann hat pünktlich 1945 alles wieder gutgemacht, ein frisches (weißes) Hemd angezogen und eine der heute noch staatstragenden politischen Parteien mit aus der Taufe gehoben. Politische Erfahrung hatte er ja. Doch noch einmal zu Adolf Hitler. Beschenkt hat er die Höchster gar. Für das 1937 (ein)geweihte Kriegerdenkmal auf der Wörthspitze, direkt neben dem Thingplatz – wer weiß das noch, oder will es wissen – stiftete der Führer persönlich

10.000 Mark, worauf Richard Scheibe, der Bildhauer, dem zehn Jahre zuvor auch schon bessere Werke gelungen waren, einen Bronzekrieger schuf, der außer einem monströsen Stahlhelm wirklich nichts anhatte.

Durch den Krieg sind sie auch ganz gut gekommen, die Höchster, hatten am Ende gar den Frankfurter ihre heilen Häuser und Wohnungen voraus. Wo dort alles plattgebombt war, gab es in Höchst nur einige Fehlabwürfe amerikanischer Flieger. Vielleicht läßt deshalb Frankfurt, das seine herrliche Fachwerkaltstadt verloren hat, jetzt zur Strafe die unversehrte Höchster Altstadt verkommen. Bevor die Amerikaner

einmarschierten, durfte sogar ein Güterzug geplündert werden. Mancher bunkerte da noch einmal Nahrung für die kommenden Hungerjahre, und nur die Frau aus dem Seeacker, die unter schwersten Mühen eine Kiste mit Glasaugen in den Bernhardsweg schleppte, konnte einem leid tun. Und dann marschierten die Befreier ein. Gleich zweimal taten sie das. Beim ersten Mal geduckt und mit vollen Hosen. Sie konnten ja nicht wissen, daß Partei und Wehrmacht das Weite gesucht hatten und ganz Höchst die weißen Bettücher lüftete. Ein zweites Mal mußten sie für die Kriegsberichterstatter einmarschieren, denen es, wenn es ernst wurde, in der vordersten Linie nicht so wohl war. Und so marschierten sie denn noch einmal und eroberten Höchst, aber verkehrt herum. Statt von Sindlingen nach Höchst, latscht die Truppe auf dem offiziellen Foto fröhlich von Höchst nach Sindlingen. Nicht einmal richtig erobern können die Amerikaner, aber das kennt man ja aus vielen Weltgegenden. So endete also das tausendjährige Reich, in dem es nichts zu lachen, und nur im Verein mit heftigen Bauchschmerzen etwas zu schmunzeln gab.

Am Ende wieder Frankfurt

Man hungerte sich durch die Nachkriegszeit und freute sich auch da allenfalls über die kuriosen Dinge, die so in den unter amerikanischer Verwaltung dahindümpelnden Farbwerken erfunden und hergestellt wurden: Schuhcreme, Kunsthonig, Waschpulver, Kunstwolle, Schuhsohlen und was nicht alles. Man konnte es gebrauchen. Dann begann der Wiederaufbau, und man entsann sich sogar noch einmal des Eingemeindungs-

vertrages. In dem waren ja auch einige Bauleistungen versprochen worden. Nahe an einem Aufstand gegen Frankfurt schrammte Höchst vorbei. Ein leibhaftiger Ausgemeindungsausschuß machte sich ans Werk und goß faßweise Öl ins Feuer: »Bürger der westlichen Vororte!« tönte es von Flugblättern, »Zerbrecht die Ketten Frankfurt's«. Da wurde es dem dicken Oberbürgermeister Kolb in seiner Höchster Residenz ganz ungemütlich zumute. Flugs fuhr die Straßenbahn nach Höchst, wurde ein Hallenbad nicht nur versprochen, sondern auch gebaut (und der Nachfolgebau 1994 vielleicht wieder geschlossen). Frankfurt versuchte wenigstens teilweise, die aufgebrachten Gemüter zu besänftigen. Im Festestrubel der 600-Jahrfeier im Jahr 1955 verrauchte dann der gerechte Zorn, der Aufstand war zwar geprobt, fand aber nicht statt.

Seither denkt man kaum noch an eine Höchster Selbständigkeit. Die Eigenständigkeit, das Selbstbewußtsein jedoch sind geblieben. Und es wird, ob einzelner Rebell oder Bürgervereinigung Höchster Altstadt, auch weiterhin den Frankfurtern Feuer unter den Hintern entfachen, wie seit fast tausend Jahren, Konflikte und Komik eingeschlossen.

Wo hat der das nur alles her ...?

Die Quellen zur Geschichte von Höchst sind bekannt und jedem zugänglich. Im Hessischen Hauptstaatsarchiv Wiesbaden befindet sich ein gewaltiger Bestand, der jüngst durch ein ausgezeichnetes Repertorium neu erschlossen worden ist. Auch das Frankfurter Stadtarchiv verfügt über vorzügliche Bestände, deren Darstellung in einem neuen Findbuch bald zu erwarten ist. Zu diesen treten das Firmenarchiv der Hoechst AG, die Bayerischen Staatsarchive in Würzburg und München und das Archiv des Vereins für Geschichte und Altertumskunde in Frankfurt a.M.–Höchst. Streufunde gibt es darüberhinaus in zahlreichen deutschen und europäischen Archiven der unterschiedlichsten Art.

Die ältere Literatur zur Geschichte von Höchst ist entscheidend geprägt von den Namen Pfarrer Emil Siering, Wilhelm Frischholz und Rudolf Schäfer, die heilige Dreifaltigkeit der Höchster Geschichtsschreibung. Ohne ihre Arbeiten hätte auch dieses Buch nicht geschrieben werden können, denn wenn sie sich auch als ernsthafte Historiker gebärden, so fehlt es doch auch bei ihnen nicht an der einen oder anderen lustigen Episode. Das gilt auch für das Buch des letzten Bürgermeisters von Höchst, Bruno Müller, mit dem Titel »600 Jahre Stadt Höchst am Main«, Frankfurt 1955. Will man einen zusammenfassenden Überblick über die nicht unbeträchtliche Literatur zu Höchst gewinnen, so empfiehlt sich das Studium des Literaturverzeichnisses in folgenden Arbeiten mit jeweils unterschiedlicher Zielsetzung:

— R. Schäfer,
Chronik von Höchst am Main.
Frankfurt a.M. 1986

— W. Metternich,
Die Justinuskirche in Frankfurt am Main – Höchst.
Sonderdruck aus: Schriften des Frankfurter Museums für Vor- und Frühgeschichte IX (1986)

— A. E. Schreier/M. Wex,
Chronik der Hoechst Aktiengesellschaft.
Hoechst AG, Frankfurt a.M. 1990

— W. Metternich,
Die städtebauliche Entwicklung von Höchst am Main.
Beiträge zum Denkmalschutz in Frankfurt am Main, Heft 2, 1990

Was über die in diesen Publikationen enthaltenen Literaturverzeichnissen nicht zu finden ist, muß mühsam zusammengesucht werden. Eine wahre Fundgrube ist natürlich das Höchster Kreisblatt von seinen Anfängen 1849 bis heute. Es ist gerade bei den wahren Histörchen, oft auch mit einer unfreiwilligen Komik, durch nichts zu überbieten. Doch auch andere Frankfurter Zeitungen, die ohne Rücksicht auf die sie bewohnenden Menschen einer besseren Welt verpflichtete Frankfurter Rundschau und die lahmarschig akademische Frankfurter Allgemeine Zeitung, die auch nach Erscheinen dieses Buches die Existenz von Höchst nur in den Fällen zur Kenntnis nehmen wird, in denen nachweislich keine Beziehung zum gleichnamigen Frankfurter Stadtteil besteht. Genuß und Informationen noch aus dem Eßgefach bietet »Alt-Höchst«, die Zeitung der Bürgervereinigung Höchster Altstadt. Vergessen werden dürfen auch nicht die jährlichen Festhefte zum Höchster Schloßfest, die eine Fülle an historischem Material bieten, wobei die Kuriosa nicht zu kurz kommen.

Sonst noch was, natürlich. Autor und Illustrator dieses Buches sind geborene Höchster und leben schon immer hier. Mit Pfarrer Siering sind sie aus kirchenrechtlichen Gründen nicht verwandt, auch nicht mit Wilhelm Frischholz. Dafür aber mit sehr vielen alteingesessenen Höchstern, unter denen die Schäfer-Sippschaft mit Rudolf Schäfer als Exponenten für Geschichtsschreibung allein ein Telefonbuch füllen könnte. Da erfährt man allerlei Dinge, die in keinem Buch stehen oder an sehr entlegener Stelle niedergeschrieben sind. Sie sind dennoch die reine Wahrheit und wert, mitgeteilt zu werden. Endlich gilt es, und das kann jeder Leser nach der Lektüre dieses Werkes selbst nachvollziehen, den oft allzu drögen und langweiligen Dienern der Geschichtswissenschaft, die angeblich eine geistige ist, die bekannten Fakten aus den Händen zu nehmen und einmal aus einem anderen, einem sehr menschlichen und gar nicht akademischen Blickwinkel zu betrachten. Da gehen einem schnell ganze Kronleuchter auf, von wegen trockener Geschichtswissenschaft. So haben wir es in Wort und Bild in diesem Buch gemacht und zumindest einen uneingeschränkt gültigen Nachweis erbracht: eigene Ansichten sind durch nichts zu ersetzen.

Und das wars dann.
Jetzt seid Ihr dran!